CUNEIFORM
鑄刻文化

單讀
Carryiy
別冊

气呼呼的
小词典

[意] 老安 [Andrea Cavazzuti] 著

卢悦 绘

文匯出版社

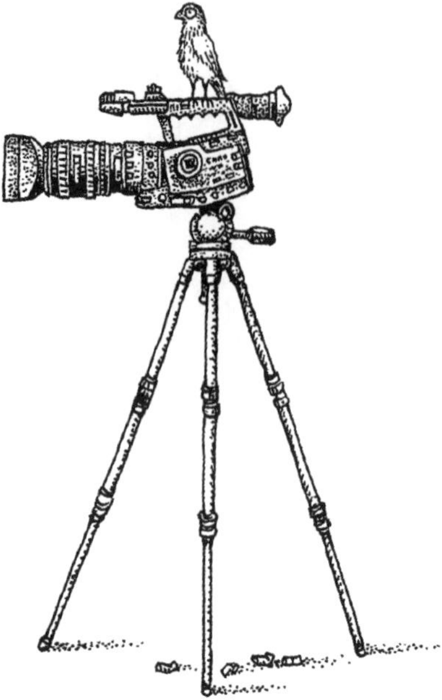

序言：看，老安这个人

李静

我知道的长居中国也书写中国的意大利人有三位：马可·波罗，利玛窦，老安。前两位太久远，第三位我认识。不只认识，他还是我的好朋友。

认识于十二年前，经由一位最可靠的中保：王小波。一个小型纪念会上，王二的文学编辑我，和王二的纪录片拍摄者老安，相遇了。那段影像十几分钟，却将王小波的真实、朴素和睿智浑然不觉地呈现出来，所有他的热爱者都看过 N 遍，并因它而感激着那位拍摄者——由于不知此人是谁，这感激也就无处可诉。镜头里的王二懒散，发乱，微歪着头，目光直率温和。画外音问：你认为中国人和西方人有本质的差异吗？王二思考一秒，答：没有。都是一个物种，会有什么差异呢？如果有谁特别强调这个差异，那背后一定隐藏着某种他自己都不愿承认、不可告人的东西。这影像的作者、画外音的发出者，就是眼前这位老安。

自此，开始阅读老安——他的影像，他的随笔，他这个人。

如今，这个人将他大半生见闻感受的点滴整理出来，编进这本《气呼呼的小词典》。作为它最早形态的见证人，我似乎比作者还开心。这心情像什么呢？十多年前在意大利卡普里岛游玩，一位老先生坐在一个园子的入口，欲拉我和丈夫进去，被我们凛然拒绝。回来时，他依然坐在那里，看见我们就站起身，不由分说一把将我们拽进去。莫名所以的我们站定，被眼前的浩渺美景惊呆，这美，若不从这入口进来，是不会看到的。我俩忍不住发出惊呼，老先生露出得意的笑容。我们心悦诚服地掏出硬币，老先生激烈地摇头摆手："No！No！"他不要钱，他急不可耐地坐在这儿，就是为了拦阻眼拙的路人错过这绝世之美。我现在的心情，跟那位意大利老先生露出得意笑容时相仿——老安这美景，终于借着这本"小词典"的出版，被更多人看到。

"小词典"虽为老安艺术生涯的余事，分量却是沉甸甸的。它记录了他大半生的行迹、观察和思考——绝大部分关于中国，一小部分关于意大利，形式散漫，没有中心，不事构作，不拘一格，有叙事，有议论，有认真，有笑谑，有毒舌，有热肠，有同一，有矛盾……词典形式犹如老安的人生样式，也像是一部他用文字拍下来的摄影集：貌似没有目的和方向，每一张却视角独特五味杂陈，你可以任意拣取其一细细品读，必有令你惊喜之处，读完全册，我们依然能感到一个贯穿始终的——主题。

这主题是什么呢?

爱。

依我所见,这位被中国人昵称为"老安"的意大利艺术家 Andrea Cavazzuti,在面对他生命里的中国时,是个表里不一的人:表面冷眼旁观,其实热切投入;表面疾首蹙额,其实忠心赤胆;表面否定,其实肯定;表面毒舌,其实祝福……我从中感到的不是难以理喻的分裂,而是难以言喻的共鸣。可以说,老安的一切都是人性的,太人性的,爱的,太爱的。

之所以"表里不一",乃因为老安的人格里存在着貌似对立的双方:超越的孩童老安和入世的人文主义者老安——他俩同住在老安里面,相互合作,彼此争吵,由此,他发展出一种独有的视角、态度、图像和话语。

从青少年时代起,老安就有一种对未知经验不计利害的饥渴症,听起来像是我们说说而已的"诗和远方怀想病"。不同的是老安将这饥渴症进行到底，其直接后果就是来到遥远的中国生活四十余年，远超他的前辈马可·波罗和利玛窦。后者用优雅文言写出了《交友论》，一时间士人争阅洛阳纸贵；老安出版了摄影集《稍息：1981—1984年的中国》，亦震动了艺术圈和普通读者，纷纷探问"这是哪位被忽略的大师"。四十年扎根在这片对欧洲人来说曾是完全"他者"的土地上，支撑他的是什么呢？绝非利益。作为意大利一家大钢铁公司薪水优厚的驻华首席代表，老安当年以商务谈判为辅，以跋山涉水走街串巷拍摄照片为主。1999年，当他发现可以靠摄像机简单生活时，就毫不犹豫地辞掉了那个肥差，开始旱涝不保的职业艺术家生涯。他里面那个忘我的饥渴的孩子将他所遇的或生机勃勃或阴郁荒诞或荡气回肠或匪夷所思的中国经验，都化作孩子气的嬉戏狂欢和得胜的彩色漫画了吗？这是完整的老安吗？代表他对生活中国四十年的看法吗？

不。没有。这涉及孩童老安的对立面：被人文主义武装到牙齿的老安。这个老安的目光一触碰中国，就如不带美颜的高清相机拍到了一个混沌蒸腾的世界，不再有孩子式的天真，而是自带反思色彩：其光暗美丑、高低正反，常与局中人的自我感觉发生有趣的反差。"小词典"里的每一条，都出自这位影像艺术家诚实的目光。他身体力行了那句古老的格言："我们相爱，不要只在言语和舌头上，总要在行为和诚实上。"什么是"言语和舌头上的爱"？——一个人扣错了衣服扣子，自己没察觉，出去见人之前问他的朋友：我这身儿怎么样？朋友说：真棒！快去吧！这就是"言语和舌头上的爱"。另一个朋友相反，他一边说"扣子扣错了！"一边帮他扣回来，这就是"行为和诚实上的爱"。老安不折不扣属于后一种。人文主义者老安诚实地爱着中国和他所遇的中国人,其表现就是:依着他的经验、常识和价值,诚实地打量、记录和言说。因此,正如老安的照片拍下的不只是一张张表象,同时也凝结成一个个本质性的譬喻;他的"小词典"所记述的也不只是大小地方、大小人物的小事情、小细节,同时它们也是一则则对于中国的透视性寓言。

这些寓言大体可分为两类,如同十字的一纵一横。"纵"是线性叙事的词条——有些是自传性的,大开大合,生动跳跃,自嘲和反讽、漫画和白描兼具,比如"文学""信仰""故乡""相机""加拿大"等条;有些是写他人的,写得最生动的则是那些边缘人,比如"小偷""黑车""肠衣""乞丐"等条;还有一些是纪事,勾勒出可爱可乐的中国人群像,比如"奥运""车库"等条。"横"是那些平面叙事、夹叙夹议的词条,由具体的途中所遇、亲身所历,一个撑竿跳,跳向普遍性和观念性的文明比较、文明批评,比如"移民""世俗""观看""维持""内外""老外""关注""资本主义""电影节"等条;也有极少数是纯粹的议论,颇有"意大利鲁迅风",比如"法律""话""性""换位"等条。

老安心性的自由让他的"词典体"获得了无边界的意义容量和表达效率,方寸之间的闪转腾挪犹如他骄人的车技——出其不意地由此及彼,弧度险峻地并线漂移,然而,也没触犯交规。举几个例子:

"文学"条:受"垮掉一代"蛊惑的小青年决定逃家,去经历文学里的人生,然而在竭尽所能地装备之后,搭不上车、把钱花光,就回到了现实秩序的原形,以挨大人一顿胖揍告终。词条如此收尾:"我后来选择旁观人生,开始认真地从事摄影。我当时还根本不知道中国在什么地方。"短短1900字,讲完了《堂吉诃德》《包法利夫人》式母题在自己青少年时代的再现。

"关注"条:"上周我紧接着干了两件事:一、在北大荒一所知青安养中心(精神病院)待了一天;二、在北京一个非常重要的艺术展开幕式待了几个小时。今天突如其来个联想:受太多关注和无人关注的人有些相似。都有那种失去了好奇心、带着提防甚至恐惧的眼神看外人、眼睛发空、隐藏在盔甲里的孤独。"人性的洞察,穿透放逐之地和恩宠之地。

"历史"条:成绩好而家贫的"小安"差点申请不到威尼斯大学奖学金——因为大学办公室说,他家有四套房。"细看房产证,原来1886年登记了四户人,每户20多平米,加起来才80多平米……",于是误会解除。这事跟"历史"有何关系?看结尾:"连自己家那么点小事都能搞得如此不清,何况古希腊、汉朝、中世纪等等……"当老安表述观念性问题时,只从肉身经验写起,经过迅疾跳跃的联想,举重若轻地抵达本质。这是一种本能的寓言性思维。

"好奇"条：一个人问老安怎么会1981年就跑到中国来，"我说我好奇，他说我家一定有钱，有钱人才好奇。我没反驳，但他那句话让我琢磨了好几天……对我来说，好奇心是创新的基础、生活多样化的动力……人家那句话也许点到了中国的一个问题——普通人往往缺乏勇气，或者说社会上看不起勇敢的另类，成家生子养家糊口是第一位的，其他方面的追求很难得到家庭和社会的支持。所以我想再次感谢我的穷妈妈，满脑子都是原则，不关心世俗，不关心成功，只要求我严谨地做事、认真地做人，然后就可以随便听从我的好奇心。"一个人要诚恳、爱你到何种程度，才会跟你这样"气呼呼"地争辩？这不只是见微知著的文明批评，更是在感同身受地喊你一起离开憋闷的铁屋。

这就是老安的写作艺术。他的文字精炼浓缩，避免铺排，乃是基于他的时间紧迫感与空间饥饿感——光阴有限而空间无穷。可以说,"小词典"是飞驰不已的作家老安精神外化的合体形式,也是意大利人 Andrea Cavazzuti 为中文写作做出的独有贡献——虽然词典式叙事无论西方文学还是中国文学、无论虚构还是非虚构均有力作,但如此自由不羁、如此强健刚劲、如此目光无边界、如此气呼呼的——"小词典",依然罕见。

更罕见的,是这"气呼呼"里的爱,这爱里流淌的诚实。

不管怎样,老安这个人就是这样。

不管怎样,世间最美之事就是"爱与诚实彼此相遇,公义和平安彼此相亲"。

祝福老安。祝福每一位与他相遇的读者。

2024 年 11 月 8 日

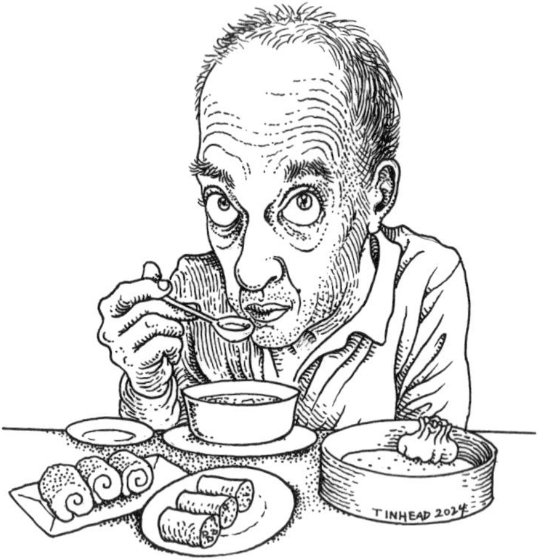
TINHEAD 2024

自 序

国外流行一个说法：在中国待一个月就能写几篇文章，待一年可以写一本书，超过五年就什么也写不出来了。我也一直在琢磨怎么能跟大家分享这么多年的中国经历。这四十多年中，我一边拍照片和视频，一边写随笔，想到什么就写什么，看到什么就拍什么，有方向没目的，只有积累到一定程度才有可能显露意义。另一个问题是，写给中国人还是写给西方人看？既然用中文写，主要对象应该是国内读者。问题在于，这么大的时间跨度，中国不断在变，我也在变，怎么能合理地连接这么多散乱的点点滴滴？首先，必须临时摆脱自己从小定型的思维方式，换位观察和分析才会有一些启发。不过，我同时还故意保留了最有血肉、发自肺腑的文字，最典型的片面、不讲理的老外的抱怨和吐槽。然后，我偶尔加上了多年后的重新思考，以便找到平衡。

为了整理和组织那么多零散的念头和小故事，我想到了词典的形式，或者说现在更流行的"关键词"的形式。词条的排列是按拼音顺序，如同《新华字典》。像拼图那样，随时可以加词条。我完全放弃了追求某种整体性，如果有的话，那也是自然形成的，因为每一个词条毕竟都含有同样的DNA。

来中国定居的外国人一般要经历几个阶段。第一个阶段是比较开放的、积极的，虽然生活上有很多不适应，但觉得自己很厉害，能在这儿待着，看到很多老乡们想不到的东西。差不多一年之后就会有第一次危机，感到什么都不行，不舒服，仍然飘在空中，无法真正融入。如果能再坚持一年的话，就可以首次品尝比较正常的中国生活的滋味并为之感到自豪。后来是第二次危机，意识到自己没有明显的进步，仍然是个异体，无法完全融入。很多人度过不了第二次危机而离开，回国后就是怀念、遗憾、怨恨搅和的情绪，即所谓的"中国病"。为了回避这么别扭的心态，我就留下来了。

此书最早的标题是"小词典"。后来我的作家朋友李静读完后给我加上了"气呼呼的"四个字，显然再恰当不过。

2024 年 10 月

目 录

序言：看，老安这个人 3

自序 15

A		C	
阿	001	厕所	014
挨踢与黑爱	003	长江大桥	018
奥运	005	肠衣	020
		车库	024
B		城镇化	028
白	008	吃饭	030
被子	010	吃苦	032
病	012	出租车	033
		创世	036

D

导航	038
电影节	041
屌丝	043

F

法律	045
服装	046
付款	049

G

公园	052
工作	056
故事	058
故乡	060
观看	063
关注	065
管制	066
广告	068
国籍	071

H

孩子	072
海军	074
汉字	079
好奇	081
黑车	083
红包	088
红绿灯	090
话	092
环岛	094
换位	096
汇款	098
火锅	104

J

机器	105
加拿大	108
建筑	112
奖状	116
降落	118

交规	121
节日灯	124

K

开头	126

L

栏杆	129
老师	131
老外	133
历史	136
练习本	139
旅行证	140

M

民族	143
名字	145
鸣笛	147

N

内外	149

Q

乞丐	151
前后	154
墙	156

R

人物	158

S

声速	165
食物	166
世界公民	169
世俗	173
视觉	186
水	188
素质	191

W

外语	195
违章	197
维持	202
文学	205
问路	212

X

习惯	214
相机	216
小偷	221
信仰	224
性	228
雪	230

Y

摇滚	231
移民	234
音乐	239
幽闭恐惧症	242
元数据	244

Z

长辈	246
之间	249
中国	252
中外婚姻	254
主题	256
资本主义	258
自行车	262
足球	264
做	267

代后记：中国之后是岔路口 269

阿

ā

《现代汉语词典》(修订本)的第一个字。好可爱,多亲切:阿爸、阿婆、阿宝、阿张、阿李。我还挺喜欢阿城的作品。我有一次听到了广州的的士司机向一位老人问路时管他叫"阿爸",我觉得很好玩儿。词典的第一个词是"阿昌族",云南的少数民族。我刚从云南回来的,我分不清这那民族,只能识别本地人和外来人。总的感觉是本地人比较老实,宽广肥沃的土地、宜人的气候、稀疏的人口,没有培养他们过多地去竞争和奋斗。现在外来人多,情况一定会变。作为意大利人,民族归属感不强,几乎每一个人都是一个新民族,都叫混族或杂族,还不妨用更亲切的"阿族"之称,共同点是都穿意大利服装。

大概十多年前,画家曾梵志带着羡慕的目光盯住我半天然后说:"你想,了不得,你从出生以来穿的全是意大利服装!"

[2007 年]

挨踢与黑爱
áitī yǔ hēiài

我高中读的是计算机学。当年的电脑占满50平方米的房间,价格上百万美金,通过打卡操作。装系统的时候就得喂它几千张卡片,一张一张吃进去,花一整天的时间。当时,电脑与百姓的生活毫无关系。

五十年后的今天,观察我孩子学习的方式以及社会上各方面的情况,我意识到了IT与AI已渗入了一切。孩子写作或研究什么话题的时候,被要求以电脑与AI的逻辑思维来进行,把问题简单化,以便更好地得出结论。输入的信息必须有严格的来源,编辑起来不鼓励跳跃或发挥洞察力,最好服服帖帖地对比原始资料。这样的工作方式很容易被机器所

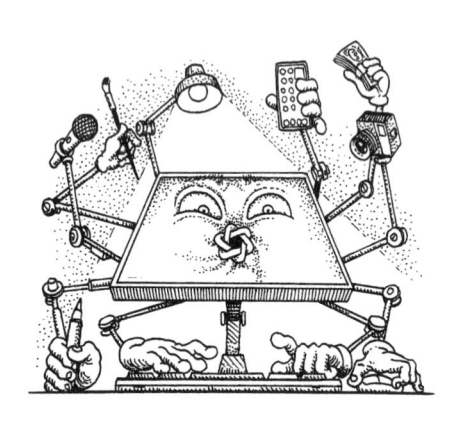

取代。比如说交通违章处理，全靠摄像头与电脑，屏蔽任何人性的视角和考虑。招聘过程也同样无法依靠直觉、考虑人品或其他更深的因素，都是填表、回答格式化的问题并提供无论是真是假的资历。其实，电脑很好骗，它满足于概率，但如果你不幸处在概率之外，你就只能自认倒霉，也没地方说理去。在现在的世界里，我发现如果按当年编程序的逻辑思维来面对各种问题，就会顺利很多。

[2023 年]

奥运
àoyùn

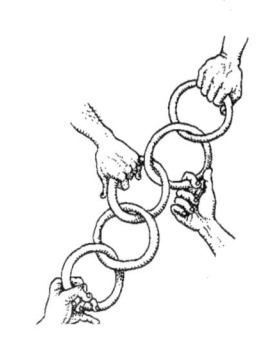

  1992年北京申办2000年奥运会。满街都是奥运会的宣传口号,媒体也滔滔不绝。当年的奥委会主席萨马兰奇先生也被一些人视为中国人的"大救星"。宣布申办结果的那天晚上,中央等台都有现场直播。宣布仪式的地点在瑞士,因此北京直播时间在半夜三更。我虽然很少看电视,而且受不了奥运会的啰嗦,但平时睡得很晚,想到今天该出结果了,我就凑热闹开了电视机。直播前有各行各业各阶层的人在预祝申办成功,包括演员、企业家、农民和领导。当时我住在建国门的一所国际公寓里,外面夜深人静。直播开始了,萨神上台了,开始用英语讲

话:"允许我首先感谢所有申办城市:北京……"这时中央台演播室里轰然大闹,所有观众都站起来喝彩、拥抱,给的特写都是热泪盈眶,根本再也听不见萨神在说什么。我纳闷儿,甚至以为我也许无意中打了瞌睡没听清楚。正好公寓里有卫星电视,所以我赶紧换台去看英国BBC,那里面一帮金发碧眼的大家伙也正好站起来了,蹦蹦跳跳地喝彩、拥抱。又换回中央台、北京台,仍然是中国人在拥抱。外面鞭炮声响起,远处还能看到些烟火。咋回事儿?平局了?又换到BBC,大家稍微平静了点,满头大汗带着微笑进行一些采访。再换北京台,主持人一副可怜巴巴的模样在喊:"同志们、同志们,请注意……不要太激动了……也许有些同志英语不太熟悉……请注意……萨马兰奇先生刚才只不过是感谢咱们……"外面的鞭炮声逐渐稀稀落落了下去，中央台演播室的观众沉默发呆，电视屏突然黑掉了，紧接着出现彩条，全部节目不告而播送完了。外面回到了夜深人静，我呆呆地坐着，盯住屏幕上的彩条，一动也不动。心里想，悉尼拿到了2000年奥运会，很没意思，不过，我们这边能多安静一会儿，也挺好。

[1993年]

到2001年北京就获得了奥运会举办权，那时国民英语水平已提高不少。宣布时北京才到傍晚，大家刚下了班就上街了，国家领导也出面跟市民一起庆祝。2008年北京奥运会的成功也是空前的。塞翁失马，焉知非福！

[2010年]

白
bái

中国人，尤其是女人，希望自己的皮肤越白越好。意大利好多年前也如此。当年皮肤黑的是农民、在野外劳动的工人、矿工等。有钱人、贵族、知识分子都不用下地，皮肤就很白。如今意大利富起来了，有钱人能度假晒黑，大家普遍认为黑一点看上去很精神，皮肤白的反而都是不健康、不精神的穷光蛋。所谓黄族的皮肤，晒完了更偏黄，白族的偏红，这也是中国女孩想要白的原因之一。差不多二十年前拍过深圳的一个大海滩，高峰期在夜里，男女老少在黑暗中游泳、沙浴、玩耍，看似意大利海滩的负片，西方人看了不得其解。中国女孩身上汗毛很少，皮肤白得亮晶晶。西方女孩毛多,晒黑了能掩盖一下。另外,少接受点紫外线也有好处:脸上不起皱纹,又避免得皮肤癌。不过,随着中国的经济复兴,晒黑的女孩多了起来,无论偏黄偏红,能表明身份,人家不就是刚从马尔代夫回来了嘛!

中国男女都不喜欢有白头发,男女都染,男人还有剃光头的选择。以前我一个年长的意大利朋友娶了一个年轻的杭州姑娘。岳母勉强接受了,但提出一个条件:必须染发。老人家头发既多又密,染得漆黑之后很像戴假发。只有艺术家被允许有白胡子白发,但必须留得特别长,大师的样子,姓氏后面就可以加个老字。

[2023 年]

被子
bèizi

最近几年全世界宾馆默默地形成了共识,从赤道到两极,大家一致向芬兰学习,床上就盖一床羽绒被。在全世界高扬环保人人有责的同时,天热的时候宾馆客人被逼大开空调,把房间温度降到十度左右,以免夜里在一潭汗水中睡醒。还有,宾馆往外冒出的热量让路人热得几欲扒皮。我承认过去的习惯给宾馆增加了不少工作量,即多洗床单和不同布料及厚度的毛毯和床罩。其实中国早就发明了另外一个简单方式:毛巾被。全世界语言里只有中文才有这个词:毛巾被。简单往身上一搭,就能睡觉,起来洗完澡用它擦擦,白天晾干,晚上又盖上睡,多省事呀。

1980年代的时候部分招待所升级，开始用白床单和薄毛毯。不过，其他的老习惯还没改过来。当时没有任何隐私概念，甚至我没听过任何人说"隐私"两字儿。招待所客人锁不了房门，到点儿了服务员随便进来打扫卫生。曾经至少有过两次服务员进来时我还在睡觉，虽然被她们吵醒了，我还不敢下床，只好假装在睡。人家旁若无人、利索地打扫房间、理床，把我紧紧地裹在里面。除了到时候爬出来稍费点劲儿之外，没什么不良影响，无所谓，反而觉得是在过着有组织的集体生活，心里很温暖。

[1996年]

病
bìng

我没时间生病。不过，中国电视剧里，人的身体都很脆弱，老生病。丈母娘们和婆婆们经常晕倒，新娘们也如此。男人们最多是醉倒或被打残。最常见的镜头是从高挂的药瓶开始，顺着点滴管慢慢下来，一直摇到病人苍白的脸上。第二常见的是从心电图仪摇到半死的病人身上。第三是一大帮急得要死的医生、护士及亲朋好友们一起哭着喊着地推病人平车。其他方面例如排队、挂号、办卡、充卡、刷卡、登记、付押金、电梯已坏、医生下班、病房已满、病历已丢等镜头一般都会被省略掉的。毕竟，谁不知道这些呢？

[1994 年]

当今最常用的骂人的话就是:"有病!"这样骂人不算很重,首先因为中国人把疾病看得很严肃,而且谁也不会故意得病,另外还给人留下把病治好的可能性。骂人"吃错药"更是表示尊重,因为人家只是临时无意中犯错误,明天吃药多注意就好了。

[2022 年]

厕所
cèsuǒ

外媒来华采访大多数挺孙子,满脑子成见,有眼无珠,跟他解释半天也听不进去。不过,有时乱中有序,毕竟是另外一种视角,咱也不应该彻底拒绝他人的道理。这回是来找旧式公共厕所,里边一长条便槽、无间隔板、臭烘烘的那种。其实人家也没啥恶意,只想通过一段逗笑视频来说明中国人对隐私的态度。我的任务是偷拍主持人蹲在那儿,跟其他的"便客"瞎聊天。外面一位老环卫工一直看着我们忙活,我都有点紧张。后来老头儿才明白是在拍片子,二话不说就拿了一把扫帚到里面去认真地打扫。扫完了问我们光线暗不暗,我红着脸说的确有点暗,他就去厕所后面的电柜那边给我们开了灯。我非常感动,而且为我刚才鬼鬼祟祟的态度感到羞耻。

晚上在一所超级现代化商场里的一家饭馆吃饭。我去方便的时候发现商场的洗手间漂亮得不得了,还带有创新的设计理念。搞得我自己显得特土,找不到纸巾,才发现是隐藏在巨大的亮晶晶的镜子后面,镜子上还有漂亮的小字指示。洗手间非常宽敞,浅颜色搭配既明亮又温暖。好呀,我下了决心去拿摄像机拍俩镜头,一是为了突出跟下午那厕所的巨大反差,二是为了摆平我的良心。洗手间里空无一人,差不多拍完了准备离开的时候,进来了个小伙子,瘦高戴眼镜一副文学青年模样。他立刻向我投来敌对的目光,然后去找清洁工问这里面允不允许摄像。我听见了,就逗笑地喊了一声:

"这里面允不允许管闲事呢?"人家就恼火了,追上来说我耍流氓,说厕所是隐私地儿。我说里面没人,难道马桶都有隐私权?他说外国人到中国要守规矩。我说拍个漂亮的空空的洗手间没守哪条规矩呢?他还是不熄火,拽着我去找三位穿黑制服带对讲机的保安,眼睛都冒火地状告我那台摄像机里头有厕所的镜头,赶紧去报警,还说我不承认。我说我当然承认,这又不是什么丢人事儿。那三人毫无反应,看着不知所措,我就慢慢继续往前走,他一下子也没话了。我俩怒目而视走到了同一家饭馆,坐到距离很近的两张桌子前,与各自的伴侣继续用餐。

意识形态是双刃剑,经常让人忘记本分、锐化矛盾、制造对立。下午的老环卫工能感动世界建设中华,是个可爱本分的正常人。我、外媒导演、主持人和那位小伙子都是不同程度和类型的变态人物。

[2015 年]

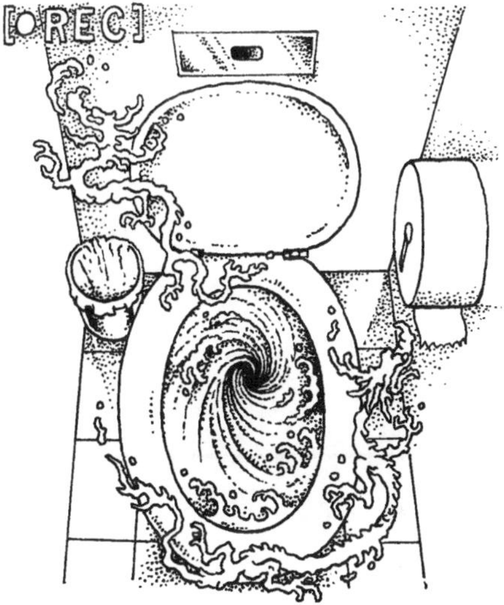
[●REC]

长江大桥
chángjiāng dàqiáo

1981年夏天,我和一个意大利同学沿着南京长江大桥走到了彼岸。当时那边基本上是农村,我们走来走去拍了些照片。不久就感觉到有几个人一直跟着我们走。当时经常会有人跟踪或围观老外,所以没把它当回事儿。过了一会儿,跟随的人群越来越大,有老有小,有男有女,还有扛着农具的农民。我们开始觉得有点尴尬。我加快了步伐,不幸走进了死胡同,群众也跟着进去了,搞得大家进退两难。好不容易挤出来了,看到前面有个小小的书店,直奔那儿去躲避。那群人居然也进来了。店主恳求我们把这帮人带走,免得把小店搞得稀巴烂。那会儿我就联想到了耶稣。按照咱们到处能看到的画像，耶稣显然与巴勒斯坦本地人长得很不一样，因此也同样会有不少人跟着、围着。可惜我当年汉语水平不够好，要不然我真可以试试传播一些乱七八糟的故事。

[1996年]

肠衣
cháng yī

还在复旦读书期间我第一次拉到了翻译活儿。是我偶然碰到的一位来中国买肠衣的老乡。猪肉香肠是老家的特产，不过，我之前根本没听说过肠衣这玩意儿。这回知道了，香肠的外皮叫做肠衣，国外的大部分是人造的，因为真正的畜肠衣太贵。中国的便宜。

这位老头很有意思，一句外语都不会，基本上只会讲咱们的方言，但他从1970年代初起，每年都到这边来买肠衣。他最早是靠一位驻香港的意大利传教士。不过，曾经有一次那位神父不在，他就在香港花了一周的时间才拿到中国签证。后来知道了

原因，并不是手续遇到了问题，而是因为他整整花了四天时间才让人家明白他要办的是什么。老乡非常坚强，不会轻易放弃。

在上海畜牧特产进出口总公司里谈判的时候，这位外商总是特别急躁，动不动就发火。我当翻译没经验，很天真地认为我也应该跟着发火，整个场面很尴尬。谈判桌上排列着样品、资料与合同文本，另外还不断送来茶水和加水。老乡不耐烦，觉得水的事特别影响工作，他就大发怒火，胳膊伸出去狠狠地一扫，把所有的茶杯和水瓶都摔到了地上，噼里啪啦一地水和碎片。中方似乎习以为常，冷静地叫服务员来收拾一下就继续谈判。我首次意识到了咱老家的人有多么粗野。

后来老乡把生意扩大了，开始买各种节日灯，装饰圣诞树的那种，他还首次带了一位年轻的伙伴来帮忙。伙伴是在意大利郊外迪厅里经常能碰到的那种人：留小胡子，穿着笔挺紧身的西装，开豪车，整天泡妞。只不过他的言行举止都比老头稍微规范一些。

复旦毕业后我回到意大利去服兵役，跟老头失去了联系。一直到有一天我的舍友说开法拉利来接他的那位老头认识我。原来就是他！原来他是喜欢小伙子的！我很吃惊。

再过几年，圣诞期间意大利新闻报道了南部好几户人家里着火了，死了一些人，都是由于节日灯的质量问题。天呐,原来就是那位老乡的公司供货的。我又一次大吃惊。那些节日灯实在太便宜了!然后我反省,这事到底有没有我的一部分责任?有良心、道德、情操地活着,真不容易。

[2024 年]

车库
chēkù

1990年搬到北京了,在京广中心租了个办公室。这座楼是80年代末建成的,很漂亮的天蓝色玻璃摩天大楼。如今看来依然很现代,1990年那会儿看上去却有点错位,显得孤独无用。趁超淡季我以极低的租金租了一套高层大办公室,俯瞰下面的一片平房和正在施工中的三环路。我要说的事发生在1991年春节长假前一天的下班时间。节前人心善,我向两位职工提出开车送他们到公交车站。到了停车场却发现我忘了关车灯,电瓶已完全没电了。我很不好意思,说只好推车,到了一定速度挂上三挡也许能启动。两位就开始很热情地帮我推车。推了一圈还是发动不起来,好像是速度不够快。我的职工很聪明,虽然没有汽车方面的经验(当时几乎没人有),但数学物理等都精通。看到了地下停车场的坡道,他俩心领神会就往那边推。哗啦一下我就快速进到了地狱的深层而汽车居然还是无动于衷。这一下就回不去了。我有点失去信心了,还不想耽误他俩回家。我说不好意思你们先走回去吧,这边我自己来解决。互祝了半天新年好大家发财等等之后,他俩走了。其实要发动一辆没电的汽车最好的办法是把电瓶连接到另一辆车的健康电瓶。这就需要两根电瓶线。地下车库里很快就自发组成了一个临时救援队,其成员为两名看车老师傅、两名闲着的出租车司机、一名物业电工,以及几名热心的下班白领。听我说起电瓶线,电工就拿来了两根线,普通的220伏电线。我说恐怕这不行,太细了,瞬间电流太大。救援组商量了一会儿之后决定不妨试一试。

线一接，钥匙一转，一闪光紧接着吱吱声，烧烤完成了。电工道歉退下了，出租车司机上来了，开始打电话（座机！）给几家出租车公司，问谁有电瓶线。下班时间加上过节前再加上没听说过此玩意儿或知道了但没有等等，又过了半个多小时。仍然处于半工半农阶段的社会里，也许找不到电瓶线，但立刻能掏出一根粗粗的绳子。出租车司机用绳子把我车头连到了自己车尾，他的同事上了我的车。出租车拖着我车快速启动了，车库马戏就要开始。因为地上油乎乎的，每次后车挂上挡，轮胎就打滑，车身左右飘动,差点追尾,看上去很可怕。两位司机反而觉得挺过瘾,转了好几圈,我提心吊胆,最后劝他们放弃。出租车司机们下。这回看车师傅们出招了:内脏移植。他俩拦住了一辆刚入库的北京吉普,里面坐着一位中年军官和他的年轻司机。军官答应了动手术。大家协力,用不太妥当的工具花半小时把人家的电瓶拆了下来,装在我车肚子里。俺车是美国原装的,大概是血型不同什么的,毫无反应。我深深地后悔我一直拒绝入乡随俗,现在后果自负的时间到了。把电瓶吃力地装回去,跟部队朋友们交换名片、握手、祝福新年。气氛很热烈,大家一起去洗手,拍拍肩膀,互相逗乐,事未成友谊在,甚至有点感动地告别分手。我爬到地面了。大年三十晚上七点多,肯定打不着车,只好慢慢步行回家。我心情既平静又温暖,回味着这次中国好人的故事。

[1993 年]

城镇化
chéngzhènhuà

中国的城镇化以及世界各个大国往中亚和非洲扩展,到现在为止算是 21 世纪历史中最大的事。中亚和非洲的问题我说不清楚,对中国城镇化有些感想:

本。中国的城镇化是以经济为本还是以人为本?长远看,这是关键问题。

模式化。这三十来年,我目击了中国的快速模式化。城市与县镇都变得没个性,还比较难受。从佳木斯到景洪都一个模样。

孩子。城市与县镇的独生子女大概是最孤独的人群。建设伟业好像没怎么考虑他们健康成长的需要。

运气。像传真机和电脑挽救了汉字一样,网络给城镇化的公民带来了安慰。外面世界已不那么重要,难看点、难受点也无所谓。

[2020 年]

吃饭
chīfàn

当然是从吃饭说起。饭菜噼里啪啦地争先恐后成形上桌。这会儿所有人该看电视的看电视该抽烟的抽烟该玩耍的玩耍,桌上拥挤的碟碗拼命地冒热气。后来大概会有一两个人先上,跷着二郎腿一边抽烟一边用筷子懒洋洋地夹一两颗花生米。等人到齐了,先倒酒,举杯,干杯。已饿得过头的肚子瞬间被烧烫,发酸。饭菜已凉了。这算什么文化?

[1997 年]

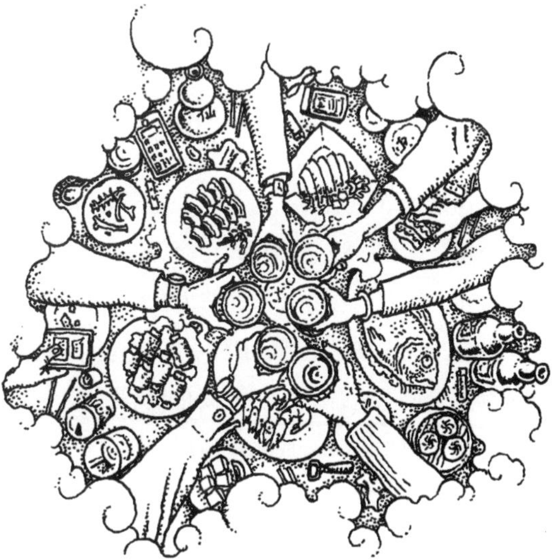

吃苦
chīkǔ

嘴边老衔着"吃苦"两字的人一定会感到自己大材小用。据调查说意大利人反而普遍觉得自己是小材大用。问题何在？如果你努力工作的目的是为了让自己与他人享受生活，那你一定不爱听"吃苦"两个字。爱说"吃苦"的人大概是为了将来让别人为自己吃苦而吃苦，造成恶性循环。像一帮奴才无法创造一个自由社会一样，一帮吃苦的人无法创造让人享受生活的环境。因此"吃苦"是我讨厌的词汇之一。

[1996年]

出租车
chūzūchē

尤其在 1990 年代,中国人与意大利人对于汽车的态度截然不同。意大利人把自己的车当做哥们儿,甚至配偶,与自己内衣一样忌讳让他人用,而且非常享受驾车本身的乐趣,沉迷于那种全面掌控的感受。所以在意大利还有那么多手动车,人人都是 F1 选手。

我在 1980 年代末就开始在国内自驾到处跑,照样很享受。有一次坐飞机出差去武汉,出了机场就上出租车。司机开得很慢,让我有点烦。跟师傅说了以后,人家居然在确认我持有有效的国内驾照之后就让我自己开,而且一路都在赞叹我的车技。后

来机场趴活儿的出租车司机都知道了这件事，每次飞武汉就让我自己开到目的地。有一次我跟两个意大利同事一起去的，到了上出租车的地方我毫不犹豫就上了驾驶位，师傅不吭声坐到副驾。我的同事马上喊我上错位子了。当我正常开上路的时候，同事们目瞪口呆，觉得匪夷所思。

　　几年后我在齐齐哈尔打出租车去哈尔滨，司机开得很慢，让我自己开，但有个条件，发动机不得超过两千转，他就睡着了。我一路认认真真没让转数针丝毫离开 2000 的刻度。毕竟，省油是硬道理。

我在青海藏区也连续开过 8 小时出租车，都是高山路，绝大部分是土路，相当吓人。不过，司机坐在后面呼呼大睡。只是到了西宁市区的时候他醒了，还变得特别紧张，最后忍不住要求自己开。不要罚款这件事，没得商量。

若干年之后，我一个成了大名的画家朋友买了一辆法拉利。我家乡就是法拉利出产地，从小崇拜它，为它骄傲。我服兵役时在家乡山路上开大军车，还拖着厨房车，以 30 公里的时速往上爬。那是法拉利厂技术人员经常去试车的地方，我左边不时一辆又一辆法拉利闪过去，吱吱一声，就像一只大黄蜂飞过你耳边的那种感觉。不过，我从来没开过甚至没坐过法拉利。当我的好友让我坐进他的新法拉利的时候，我第一个念头是想看看发动机。哥们儿居然不知道怎么开机盖，从来没想过要看看发动机。

[2008 年]

创世
chuàngshì

好像是普鲁斯特写过的名言，每次有一个伟大的艺术家诞生，世界就被重新创造了。虽然有人说刘小东的画笔有点像英国画家卢西安·弗洛伊德，但他创造的完全是另一个世界。他的这个世界我很熟悉，是自由人的世界，是世俗中闪烁着智慧与创新的世界，在传统的活法中保持形而上的灵魂。小东喜欢拍照片，他油画的构图也经常貌似抓拍，但画笔之下的人物才活起来，表露本性。小东是我知道的最能画中国实物的画家，他画中的人和物就是中国的，只能处在中国，无论是外国新款电脑还是奔驰车都经过了完美的本土化，诞生于另一个世界。

小东的人生哲学比较靠近道教,他看破了红尘,守规则过日子。这些年小东到处跑,许多国家和地区邀请他去就地画画。他去那不勒斯的时候画了一些以五彩缤纷的垃圾堆为主题的大幅油画,闹得邀请方有点不高兴。你请刘小东画画,你必须准备露馅,赤裸裸地展现自己。他搬过几次家,但他没受到任何影响,好比你拿一个雕塑搬来搬去,把它放在各种不同环境中,环境变,雕塑不变。小东就是如此。

[2023年]

导航
dǎoháng

我第一次接触小汽车导航系统是在 2004 年左右。一个朋友买了一套,很贵。一个星期天我们去怀柔玩,想尝试一下。在右边靠山左边悬崖、弯弯曲曲的小山路上,那玩意儿拼命地让左拐,朋友果然不听,又让掉头,朋友也不听,我就不耐烦了,关掉了小鬼声,拿出地图开始研究。

现在的手机导航却不一样,非常准确,十分细腻。它不仅仅指路,还告诉你何时减速、何时注意来车、哪天限行等信息,只差告诉你穿什么衣服就齐了。问题是车里面的空间、旅途中的生活全被它占满了。你不能跟朋友和家人聊天,因为会不断被

它打断，你不能听音乐，怕听不到重要指示。似乎车里多了一个人，而且这个人不停地说话，还会用性感柔和的声音告诉你，"导航结束了"，让你觉得不是到达目的地而是一下子落空了，还想约她一下，但正好没这功能。

总而言之，导航和摄像头彻底改变了旅行体验，目前更像玩游戏的那种感觉，虽然不得分，同样得努力不丢分，全部精力必须放在路上，一点也不能放松，累得要死。我不行，我车技很好，爱开手动车，我开车时可以聊天、听音乐、吃东西等等，非常轻松愉快。现在不行了，我成恐龙了。这种状况是临时的，没有持续性，人机界面已脱离人类了，更适合机对机交流，是人工智能的前夕，无人驾驶时代的前期。我觉得好比中国人从没有电话到直接用上手机，跳过固话阶段一样，现在还没怎么学会开车的人会直接跳到无人驾驶。这玩意儿挺适合中国，肯定会世界第一。

[2017年]

电影节
diànyǐngjié

第一感觉是全球动物的就业问题有了明显好转。牛、马、羊、驴、猫甚至鸟和昆虫在影片中纷纷出现。其具体待遇我说不清，估计温饱和基本教育应该是有保障的，另外还能大大推迟它们成为肉肠的时间。还有给我留下深刻印象的，就是在电影节开幕、闭幕式中，领导出面讲话都很积极向上、慷慨激昂，大力支持电影业。业内人士不得不感到欣喜。参赛文艺片共同的问题是让我们失去时代和空间感。在地球的东西南北穷人的惨败古今一样，让人觉得毫无希望。大部分电影是状态片、情感片，含有各种各样的套路。片中常见站着发呆的人,此类镜头一般

维持很长时间，直到演员和观众一起实在坚持不住了。这是要说明什么？东方人，尤其日本人，平时生活中还会有这种姿态，但西方人并不如此。这等于说电影是来自电影而不是来自生活，问题不小啊！各个电影节普遍存在的一种审美潜规则，就是不顾后果必须虐待观众，因为知道电影节的观众无法反抗，不能还手，只好默默忍受。这是观众的潜规则。

《坏孩子们》一部是把人当作动物，居高临下地让那些孩子在保证安全的前提下表现出最坏的态度，最终成为可爱的角色。这种电影最坏。

[2023年]

屌丝
diǎosī

一个外地电视台来拍我的纪录片,跟拍了很久,都跟到乌鲁木齐去了。后来剪出来了两集,总共两个小时的纪录片。我一直觉得意义不大。反正到了最后,导演跟我说:"您别介意,我觉得,您算不算一个屌丝?"

当时我还不太熟悉这个网络语,据说跟美语的 loser 相似。不过,我觉得没有 loser 那么坏,那么傲慢,屌丝还略带点可爱的滋味。也许这就是美国和中国文化的区别。意大利文化更接近中国,习惯贬低自己,不忌讳自嘲、示弱。我理解那位导演,看我忙半天,忙了一辈子,也没获得什么名利,更没获得什么奖,在他眼里我简直是瞎忙。的确是这样,但我认为世界上必须有一些瞎忙、瞎想、瞎搞的人,说不定下一代还能欣赏这些人无目的、无计划、瞎搞的东西。

[2023 年]

法律
fǎlǜ

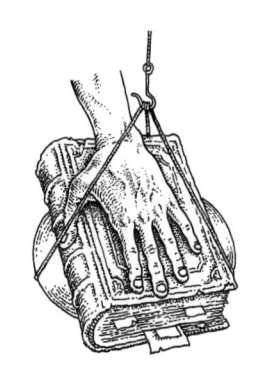

为不守法而放弃法律的保护，为不履行义务而放弃享受权益，乱拆因而乱盖，随便侵犯别人因而受到他人的随便侵犯。放炮、狗叫、乱开豪车、乱吃不健康食品、随便糟蹋环境等成为普遍享受的安慰性权益。

[1997 年]

服装
fúzhuāng

虽然意大利是闻名全球的高级服装大国，我好像从小到老穿的都差不多，非常普通。这可能也是我在中国待得比较从容的原因之一。在中国穿得邋遢一点没关系，不会因此而被排斥。回到意大利，尤其回到米兰，马上就会受到朋友的指点：你在中国太久了，穿衣讲究一点吧。的确，在米兰穿得太随便的话，见人很尴尬。我倒不会太在意，差不多就行。

我小时候妈妈和姥姥管我的衣着，看上去一本正经，一副贵族长子的假模假式，因而经常遇到平民同学的嘲笑。由于怕我感冒，她们还让我戴奇怪的帽子。我出了家门,一拐弯就摘了下来,塞到书包里。我记得当时大家,包括孩子,都穿皮鞋,没有像现在各式各样时尚的运动鞋。我度假爬山也穿那个鞋,特别滑,锻炼了我腿的肌肉和平衡能力,一直到现在我很少摔倒。我当时只有一双特低帮运动鞋,适合在体育馆里用的那种。不过,我穿这双鞋去参加了野外跑步比赛。大概没几百米我就得跑回去捡被卡在泥土里的一只,重新紧紧地系鞋带再接着跑。尽管如此我还得了第三名。我觉得那双鞋救了我,没让我走上运动员之路。

1980年代初,刚到中国的时候,大家穿的都差

不多,服装花样比较少,谁也不太当回事。其实,68学运后的欧洲青年也排斥正经的高级服装,把它等同于保守、反动和高傲的表现。当时服装代表政治倾向,基本上就一左一右,还不太追求另类的、有艺术设计的搭配。现在服装反而代表身份和品位。在1980年代或更早的中国,服装很难说明身份。我想象这样一个虚构的场面:几位1980年代的中国人在派出所列队指认,问哪位是工程师,哪位是官员,哪位是艺术家?估计服装、发型等都帮不上忙,很难指认。

中国快到新世纪时才开始注意服装品牌,甚至看牌子不看衣服,而且必须是众所周知的品牌,不见得是最好的。这就是法国LV在国内如此成功的理由,包包的图案都一样,一眼认定,只分真假。不过,说实话,是真是假也看不大出来。

[1998年]

付款
fùkuǎn

    我这辈子第一次买车是在北京。既然三十多岁才第一次买车,应该买好一点的吧。当年比较流行的是北汽的切诺基。除了外壳之外全部都是进口的,而且国内好修。我就到了劲松的北汽厂,看了车,选了一辆蓝色的2.0,问了价钱。那个时候国内买车非常贵,经常是国外的翻倍价,而且选择很少。这一辆的定价是两万五千美金。当年车行销售员的态度都很冷漠,还保留着国营店的那种范儿,没什么好谈的,没啥选项,就那个车那个价,所以买主总觉得花那么多钱还不太过瘾。我最后心里想着能否再争取一点什么优惠,因此虽然把钱都准备好了,我还问了一句能不能分期付款？说实话我也不太懂，从来没搞过什么贷款、金融、分期付款之类的交易，但不妨试一试，体会一下。出乎我意料，人家很痛快就答应了。我心里很得意，我想幸亏想起来了。后面我们谈了一下条件，分几期、每次多少钱等等，从头到尾谈得很顺利，很愉快。谈完了，我付了定金，准备走。

"车呢？"

"什么车？"

"我买的车。"

"您放心给您留着。"

"什么意思？"

"这一款我们这里一直有货。"

"知道，但我想现在就取车开走。"

"您还没付钱呢。"

"不是分期付款吗？"

"是的,您随便怎么付款,付完了才能开走呀!"

[1990年]

公园
gōngyuán

　　现在的公园都非常规矩、整齐、健康。赏花的体验类似阅兵。好几排红色的,然后好几排白色的、黄色的,特别直,陆海空齐全。公园里禁止吸烟、遛狗、踩草、踢球、骑车、开小店和玩麻将。不过,用话筒与大功放唱走调的歌是允许的,大声喊叫也可以。所以我不爱去,除非是一大早去看大家锻炼各种怪动作和畸形舞蹈,那还蛮有意思。一般来讲,大功放会晚一些才上。我还喜欢看老人用类似拖把的东西蘸清水往地上写诗,等到写完,头几个字已蒸发掉了,本身就挺诗意。

　　因不让踩花草,只能走规定路线,所以情人在公园里无处可躲。当然可以找个长凳坐下谈情说爱，但无法动手动脚和亲嘴。大部分公园是免票的，有个别收费的，但对60岁以上的老同志都免费。目前一般还会查我的证件，等到不查了我就完蛋了。

我喜欢公园有点野性，能在其中走丢。现在好像没有这样的地方。1980年代的时候，大部分人去公园带孩子玩或者去照相，可以攀登假山、踩草坪以及跟各种雕塑（包括老文物）互动一下，很随便。留影时人们摆的姿势是学电影海报或杂志封面，留下强烈的时代感。另外，公园里所有的滑梯、秋千等设施都是手工原创的，充满想象力。

在西方，公园有时成为大聚会的地方，可以举办音乐会以及各种大型活动。中国不然，也许怕损害花草。其实，广场没有花草也同样不让举办。公园非常安全，是个放心休息的地方，可惜没地儿坐，也是为了鼓励你锻炼身体。

1994年有一次王小波建议我去瞧瞧东单公园，我去了，的确有意思。公园旁边有一家医院，到了傍晚，很多病人穿着睡衣出来散散步。东单公园当时还成了北京同性恋聚会的地方。他们（主要是男的）还不敢太暴露，非常含蓄，经常藏在一棵树后面，窥看周围会不会出现潜在的对象。另外，公园里还有不少游艺器，很多家长带孩子来玩。三种人群各走各的轨迹，但在同一个空间里交汇，颇有戏剧感，使我流连忘返。

1980年代的公园晚上很早就关门，而现在，随着消费能力的不断提高以及白领对跑步的强烈需求，开放时间一般延长到了9点半。不过，我更喜欢在大街上散步，为了多一点目击社会动态：这一家店关门了，那一家开业了，扫路车已不放音乐了，更多的人开电动车了，又加了一排摄像头……这些细节让我忘记走路的劳累。一旦走累了可以找个便利店喝点东西。公园实在太和谐了!

差点忘了最重要的,北京的公园都很美。

[2023 年]

工作
gōngzuò

我这辈子没找过工作,我只是随心所欲、努力做我喜欢做的事情,不拒绝任何命运带给我的机会,就这样子。

感谢学中文的决定,第一份工作是在我还没毕业时,在上海的一个电梯里找上来的。后来,因为想辞掉这份工作,我就以志愿者身份帮宁瀛拍些电影与宣传片,这样就认识了房地产商,不知不觉地拿到了一些新工作。再后来,光靠口碑,有一些电视台找我拍片子。既然我一直在做我喜欢做的事情,每次挣到钱都觉得很意外:怎么会有人给我钱玩儿?

现在写这本书也一样,我从来没想过正经地写作，不过，喜欢写，还貌似有人愿意发表，所以我这回把生命的球踢到读者朋友那边去，希望能接到。

[2024年]

故事
gùshì

采访我的记者百分百都会问我拍的照片后面的故事。这个问题总让我很别扭，我想不起来有什么故事，其实没什么故事，为什么非要有故事呢？仿佛没有悬念、没有道德教训、没有起承转合的生活就没有什么意义似的。我也听到很多别人被问过同样的问题，最后讲的故事都很无聊。在意大利语里"讲故事"也有撒谎的意思，好像在中文里也是，也就是为了哗众而编造一下。再说，需要讲背后故事的照片本身应该算失败的，不自立，只能当作报纸上的插图。偶然注意到了故事两个字如果倒过来就是事故，也许跟人们唯恐天下不乱的心情有点关系。

这本小书里我讲了很多故事，但都没有相关的照片，所以我请了好友卢悦帮我画插图。

[2024 年]

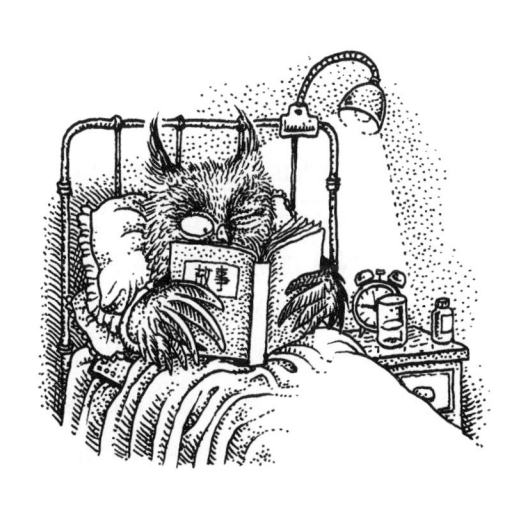

故乡
gùxiāng

我 18 岁那年的暑假,刚刚报名了威尼斯大学中文系。我父亲请我去他老家玩几天,还可以带朋友。父亲不在,但我们可以住在他的大房子里面。我和两个同学坐九个小时的火车来到了我爸的小镇。在家里遇到了我叔叔,他也在那边跟女儿度几天假。小镇一到晚间没什么事,所以我们仨和叔叔坐在客厅聊天。我叔叔是"意大利的共产党"(一个小小的极左党派,区别于庞大的意共)创始人之一。听到我准备去学中文之后,他立刻口若悬河。他说中国走上了修正主义的邪道,早晚要完蛋,何必学中文?紧接着说了一堆我们听不懂又不感兴趣的政治言论。我们已经困得不行，就客客气气地告别去睡觉了。

夜间不巧我发生了第一次夜遗，早上一醒，身上一摊精液，特别恶心又尴尬。我还没想好怎么处理就听到从走道传来的大喊大叫。俩同学也被喧嚷吵醒了。他们把门开了一个小缝偷看走道里的情况，看到我叔叔站在厕所门外一边大叫"你给我出来"，一边使劲踢着厕所的木门。好像他19岁的女儿把自己锁在了洗手间里面，不出声。

我们继续偷看但不敢出去。过一会儿我姨和姨父从附近的城市骑摩托赶过来了。姨父穿厚厚的黑皮夹克，戴墨镜，在我姨的煽动之下直扑厕所门口，与我叔叔一起使劲踢门。我姨在身边大声骂："婊子出来！"姨父非常用力地踢门，实木老门擦出小火花，整个场面特别吓人。我们仨终于鼓起勇气出去劝架，不过叔叔愤怒地劝我们最好回自己家去。他们最后把门踢开了，进去狠狠地打我表姐。两个小时之后我们仨已经坐上了回家的火车。

后来得知 19 岁表姐的罪过就是晚上与一位男孩手拉手走在街上，被谁谁看见了向叔叔汇报。由于此事，我爸和弟弟的关系闹翻了。后来弟弟买下了属于我爸的一半房权，从此俩兄弟就彻底绝交了。我呢，基本上认定了学中文应该没什么错。

[2022 年]

观看
guānkàn

观看是我这辈子的主题,也是我搞摄影的源泉。观看,我是有伴儿的,曾经跟奥利沃·巴尔别里(Olivo Barbieri)开车到处跑:意大利、法国、中国、日本等地。我们的眼睛特别饿,肚子也饿,哪儿都饿,貌似永远不会饱。我还会有别的高级伴儿,如路易吉·吉里(Luigi Ghirri)。他有一次一边开车一边自言自语说咱们还没撞死才怪。因为我们一直在左看右看,找吸引眼球的拍照对象:实物、人物、建筑、风景都行,只是偶尔向前看路。如今,正像画家塞尚曾经预言的,风景逐渐消失了。

我相信现在的年轻人也跟我们当年一样饿,不

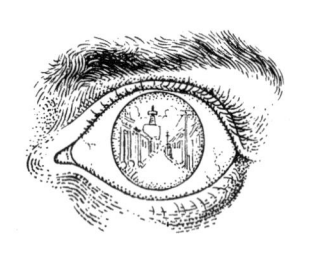

过拿起手机电脑就能吃饱了吃撑了。量子力学、量子纠缠也让人们怀疑自己的感官,因此我们将要面临一种截然不同的世界观与生活方式。反正,我还比较怀念外面的世界,它包含自古至今人们的行为和理想,一层一层的。我还怀念直接感知的现实,所以我一直在用 35 至 50 毫米镜头,最接近人实际的视野。我怀念那种不断发现、走错路也无所谓、不期而遇的感觉。

[2022 年]

关注
guānzhù

上周我紧接着干了两件事：一、在北大荒一所知青安养中心（精神病院）待了一天；二、在北京一个非常重要的艺术展开幕式待了几个小时。今天突如其来个联想：受太多关注和无人关注的人有些相似。都有那种失去了好奇心、带着提防甚至恐惧的眼神看外人、眼睛发空、隐藏在盔甲里的孤独。

[2013 年]

管制
guǎnzhì

在北京经常会遇到交通管制，司机们都很习惯，尽量回避走建国路、机场高速等敏感交通要道。不过，这一次正好是周一晚高峰的时候，建国路成了世界最长的停车场。我就想，为什么不能给人家安排直升机，又快又不影响老百姓下班回家。这回交通广播居然说到了管制的原因：外宾车队。原来如此。不晓得那些外宾知不知道我们的处境，为什么选择了最不方便的时间抵达北京？我平时从国外飞北京都是早晨5点多到达，不管制也能快速回家。那何必呢？

后来想起我在大一学的《孟子》。孟子见梁惠王，王曰："叟不远千里而来，亦将有以利吾国乎？"那当然，如果这样的话，咱们还值得牺牲一点点时间，为国家的大利益，也就是我们所有人的大利益，的确是应该的！但是，万一外宾像孟子一样回答呢？"王何必曰利？亦有仁义而已矣。"那不行，您带着您的仁义慢慢排队吧！

[2022 年]

广告
guǎnggào

如果一篇文章里头含有广告，即普遍认为是作者在违规。我倒不这么认为。广告本质上是不真实的，而我们整天被迫接触各种各样的光明正大的广告谎言。虽然知道是不真实的，谁也逃避不了其潜移默化的影响。所以我觉得作者有权在文中带有自己认为真实的广告。要叫我评选当今的劳模，我会选择淘宝网和顺丰快递。它们建立了消费者和供应商之间稀有的信任关系，它们是高效率地、名正言顺地为人民服务的。

有一次我去江阴郊外拍摄一家工厂。到了厂区才发现没带相机的充电器，手里只有拍两个多小时的电余量。一开始我是按照多年形成的惯性来面对此问题，想借一部车跑到江阴市中心找佳能专卖店，先打电话查询，多数是打不通的，打通了也说没有充电器。后来甚至往北京打电话问有没有人当天飞无锡什么的，帮我捎带。浪费了整整一小时之后，我的目光才落到了早在身边闲着的一台电脑。那是上午十点钟。长话短说，下午一点多钟顺丰快递把我在淘宝网上买的充电器送到了我手里。充电器（山寨的，很好用）加邮费总共花了80块钱。淘宝万岁！顺丰万岁！山寨万万岁！

还有一次叫顺丰快递到我家来取件，居然来了一位骑着一辆老摩托车的高大老头。人家显然是一辈子的农民，脸部又黑又皱，人却彬彬有礼，用老树枝般的粗手在运单上写整齐漂亮的小字，耐心专业地跟我解释各种运输方案，然后颇显礼貌地打电话给总部确认运费。他让我非常感动，我很想表达我的敬意，但说不出口，请他喝杯水，他谢绝了。只好用热情温暖的目光欢送他。这位穿军大衣的老先生在我的记忆中留下的身影比任何雷锋像都要高大得多。

[2012 年]

国籍
guójí

　　身为老外，一旦批评国内任何事情就容易遭到谴责和咒骂。人家第一反应就是：你不喜欢你就回去吧、回去吧！我说难道咱们一生不是拼命就是逃命吗？音乐家郭文景曾经跟我说了一句话给我印象很深：他说古人的关系并不是以国籍来区分，而是以兴趣、文化修养和共同利益来区分。

[2008 年]

孩子
háizi

　　试着做个比喻：在现代化、全球化的世界里，中国还算个小孩，虽然长得很大还是个孩子，聪明活泼的大孩子。

　　我住的村子（北京五环内的！）没人管，所以"孩子们"老出事儿。这几天，因为前面乱盖房乱装空调，冬天到了，变电站承受不了负荷而老停电。当然，夏天老停水。路边乱停车，消防通道早就没有了。对了，还有大量烧煤和烧垃圾造成的污染，去年都有老人给熏死了，已经快要到不适合人类居住的地步。虽然这样，"小朋友们"会来骂我"只许州官放火，不许百姓点灯。"好，我认了。那些百姓房子门口停着奔驰和宝马车：高级玩具。

[2021 年]

海军

hǎijūn

    1981年夏天我和两个同学从南京去青岛玩几天。最后一天想去看崂山，尝一尝那儿的水到底怎么样。每天一大早有一趟小巴从酒店开到崂山一日游，导游陪同，包吃包喝。不过，我们太另类，讨厌参加旅行团，而且跟着旅行团我无法按我的方式拍照片。研究了半天地图，觉得坐公交也能到。我们上午九点左右出发了。转车转了七八次，转错了两三次，十二点多还在青岛市中心，一张照片也没拍。我基本上准备放弃的时候才发现一趟开往崂山的长途汽车。下午一点多上了车，车特别慢还老停站，车上有人告诉我们即便能到崂山，当天就回不来了，好像返回的最后一班车是下午三点开的。我们两点多才到了一个叫沙子口的小镇,司机劝我们下车等四点多的末班车回青岛。好失败呀,连午饭都没吃上。我就打起精神,还有一个多小时可以拍一拍沙子口这个地方,就在海边嘛,挺好。我刚玩命拍了半个多胶卷,就有三个解放军把我们带走了。我说我们在等车,而且是末班车,赶不上的话就回不去了。他们说不要紧。我还问有什么问题,他们说那是海军基地,不许拍照。他这么一说,我才发现岸边确实停了一艘小军舰,原来根本没看到。

把我们带到了一个小平房里面,问了一下身份住址等问题之后把我们关在一个小房间,里面只有一个朝外面土路的小窗户,带铁栏的那种,让我们在那儿等。我们着急,担心误车,也有点害怕,但不算太害怕,那三位解放军还是很客气,很礼貌。后来发生了一件事情让我们彻底放松了。陆续有一大

帮村里男女老小争先恐后地站在窗户外面呆呆地看着我们，房间里都暗了下来。突然有一大猪头从底下弹出来了，猪前腿靠在窗边，津津有味地看着我们。我们忍不住狂笑起来了。本来就很累，没吃上饭，就捂着肚子笑个不停。这一次深深体会到了动物在笼子里的感受，如果大家扔几颗花生给我就好了，我饿死了。

天已黑了，我们又开始着急。那时解放军进来

说车到了,原来是市外办从青岛开过来接我们了。上午花了五个小时的路途,回去半个小时就到酒店了,感觉又占了点便宜。外办没收了我的胶卷,说洗完了审查一下再还给我。第二天早上他来酒店,带着洗好的胶卷和一张原大印。我在南京跑过几家照相馆,都没有做原大印的服务,原来外事办公室才有这种服务。外办一边看图片一边问我为什么拍这位女士的背影,我说因为她穿的衬衫印上了世界各地的明信片。他又问我为什么拍了那群人？我说因为他们的轮廓对着大海的背景好看。我当时汉语不好，肯定表达得还不是太清楚，反正最后他说不能还给我，彻底没收了。我当时很不理解，幸亏那几张照片我都能舍得，问题不大。如果现在换位再分析，我觉得人家车已白跑了个长途来回，再白送冲印费的话，实在太无聊了吧。

[1995 年]

汉字

hànzì

1980年代初中国已进入改革开放阶段，国内和国际贸易往来也日益繁忙。当时国际商人用来交换文件和信息最普遍的方式就是电传。可惜，电传可以传字母却传不了汉字。唯一的办法是传受两方都有一本编码册，一串四位数等于一个汉字。你会收到一堆密密麻麻的数字，对了半天才知道人家问"你好""好久不见"什么的。这样下去显然死定了。那些年我也在做贸易，也在想咋办呢，想起瞿秋白、罗马化、含糊不清南方人不解的拼音、跟印刷厂一般复杂的汉字打字机等等，好像没啥前途。后来没几年就出现了传真机,手写的汉字就能传到美国了。之后不久,苹果电脑能够输入汉字,中文因而得救了。好像改革开放来得很及时,不早不晚。人道离不开世道,政治离不开历史,思想、理想与现实相依为命。

[1999 年]

好奇
hàoqí

一个人问我怎么会1981年就跑到中国来了,我说我好奇。他说我家一定有钱,有钱人才好奇。我没反驳,但他那句话让我琢磨了好几天。本来我家很穷,我的好奇心也不是空虚吃饱撑了找点乐趣打散郁闷的那种,是真诚并认真的文化追求。对我来说,好奇心是创新的基础、生活多样化的动力。无论如何,我的结论是:

第一,在中国好奇两字略有点贬义,在意大利没有。第二,人家那句话也许点到了中国的一个问题——普通人往往缺乏勇气,或者说社会上看不起勇敢的另类,成家生子养家糊口是第一位的,其他方面的追求很难得到家庭和社会的支持。所以我想再次感谢我的穷妈妈,满脑子都是原则,不关心世俗,不关心成功,只要求我严谨地做事、认真地做人,然后就可以随便听从我的好奇心。

[1996年]

黑车
hēichē

听起来就是个非法的东西罢了,再深入分析倒不一定那么简单。中国城镇化的过程蛮艰难和残酷。世世代代种地的农民突然没有了土地,不得不琢磨新的生机。我从意大利文学中学到了一点:不要小看农民的智慧。

宋庄原来是北京市通县的村庄,后来通县变成了通州,村里就不让种地了。幸好,之前不久有一批圆明园的艺术家搬到了宋庄,低价买了一些老四合院当家和工作室。正好在村领导为了解决百姓生存问题而百思不得其解的同时,那帮艺术家成名发财了,因此大家突然觉悟到原来艺术也是一种产业。

在最早觉醒的农民中有一位叫老金。

其实，为了喜欢艺术不一定要学艺术，也不用什么学历，审美是先天的，情商是先天的，智慧也在很大程度上是先天的。同样，生活在变动年代会让人变得更灵活、更机灵。的确，虽然在很多村民眼里他就是个二逼，老金的确很机灵。

老金选择的生机是开黑车，但他的黑车非同寻常。它基本上成了艺术家的专车，老金也喜欢上艺术，变成了艺术家非同寻常的朋友。老金让艺术家们在他车的里里外外签名，他还挺注意级别，把最好的位置留给最有名的艺术家。老金像小孩子一样看艺术家们画画、做装置、做行为，觉得非常好玩。他自己也很快学会了那一套，自己做行为，后来画画，画得还不错。老金崇拜大艺术家，但关心最穷的、最年轻的艺术家，他想方设法帮助他们。

有一次老金送某某艺术家的山东爸爸到机场，

交警拦住了，向那个爸爸打听情况，老人家天真地说是打了出租车，付了钱的。结果宝贝车被没收了，还罚了一万块钱。老金特别愤怒，觉得被背叛了，非常冤枉，本来就是送朋友爸爸到机场，给了那么点钱算什么呢？老金去求一位长辈艺术家的帮助。在一场激烈互骂完毕之后，经过大艺术家的调解，艺术家某某答应了送老金一幅画作为赔偿。老金收藏的作品已经相当多，全部都是艺术家送给他的。老金打算将来策划一次大展并把它叫做"老金不花钱收藏展"。

在潮白河岸边的一次艺术活动中，一位艺术家脱光了，然后被城管很不客气地拖走了。老金不理解，说他们村民去河里游泳一定要脱光了，这算什么呢？还有一次他送了艺术家到天津之后，在回来的路上不幸遇到了大型追尾，把宝贝车撞得稀巴烂。老金把车修好了，非常仔细地确保所有的签名都能保住，然后把车停在了家门厅里。那辆小车是老金的第一个大作！

老金与乡亲们越来越格格不入。尽管跟艺术家混得很亲近，但他们无法完全把老金当自己人，所以老金感到有些孤独。不过，他很坚强，怎么也不会放弃他的艺术家专车和不花钱收藏家的双重职业。后来徐星和我拍了他的纪录片，很多媒体开始关注老金，时尚杂志也去采访他。金二逼终于成了个体面人物。

感谢全国艺术家的到来，感谢村民的努力和配合，宋庄也成了大艺术中心，有了许多美术馆和画廊、各个菜系的饭馆、各个级别的酒店与画材店等等，一副繁荣模样。老金为之很高兴，很骄傲。他经常说：艺术家来到之前，宋庄小堡村最穷最破，现在小堡最牛逼！老金的口头禅是："我为艺术家服务！"

[2022 年]

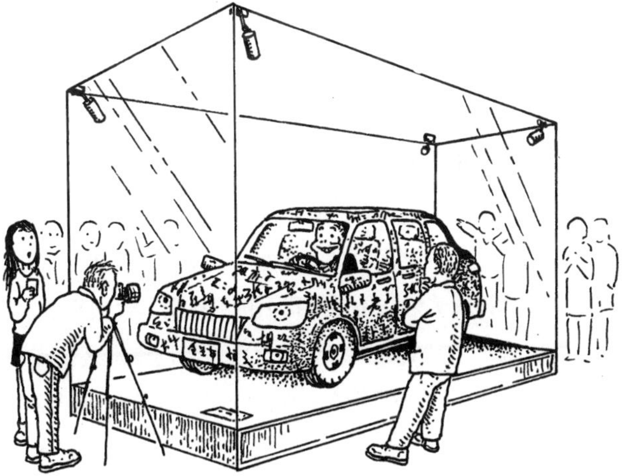

红包

hóngbāo

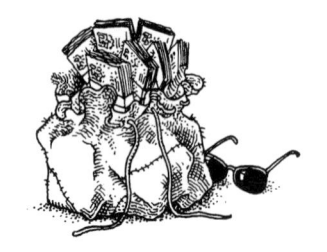

我生怕占便宜,也许是归功于我妈的教育,也许跟我童年的信仰有关,不知道,反正我挣的每分钱基本上都与我的工作量成正比。曾经有一次很纳闷,我跟南方一家私企成交了一个大合同,而且是我公司多年来利润最高的一笔生意,那南方老板竟然非要给我发奖金,还弄得我不得不接受。合同签了,酒也喝了,其实我最想要的奖励是到周围地区拍点录像。为此我还借了该老板的汽车,带着我感觉烫手的一万美金红包出发了。刚开了一个多小时就到了南京郊区,路边有交警查车。那时我才知道我开的那辆车的手续是假的,交警让我把车开到派出所。

派出所院子里密密麻麻的都是被扣的外地车。

我一看就明白了，跑不了。到里边一算，逃的购置税和滞纳金加起来正好是我手里的那一万美金。那帮警察看到我的反应肯定觉得我神经病，我马上兴高采烈地跑到附近的一家银行，20分钟后带着一麻袋的人民币（当时好像最大面额才50块钱）回到了派出所，补上了手续，开走了。然后如释重负跑了好多地方，拍了很多录像。最后一天还在一条泥路上轻轻地追尾了。原因是那天下雨，路面全是泥，我为了下车拍堵车的镜头脚上套了两个塑料袋，回到车里没脱，所以一踩刹车板，脚一滑，撞了。

回到厂里把车还了，免了的那小损坏的赔偿也算是真正给我的奖金吧。后来那老板移民加拿大了，五年后有一天他来信说经济有点困难，江湖救急，问我能否帮个忙借五千美金。我立即掏自己腰包去银行电汇了。将来谁也别想给我红包了！

[1998年]

红绿灯
hónglǜdēng

貌似大家对各种规则、规定、法规，什么规都拿不准，所以面对各种信号和指示的时候经常茫然不知所措。就说个最简单的红绿灯，在北京拥堵的交通中，红绿灯一绿，大部分人还是很难立刻采取行动。

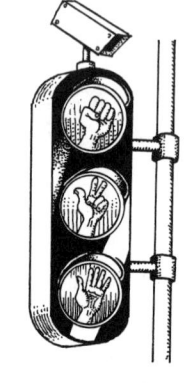

一位刚开始在北京开车的意大利朋友跟我说过，他每次都觉得自己闯了红灯。其实他明明看到了灯变绿了，但是往前开了十几米就感觉不对，怎么没有车跟着呢？看后视镜，后面的车都好好地原地不动。他就想："糟了，我又闯红灯了。"

有时候，遵守法规会让人觉得有点不对劲儿，"糟了，我是不是又错了？！"

[2000 年]

话
huà

口语里经常听到人说"把话说到前面",听起来跟"我就不客气"或"说得难听点"基本上是同一个意思。这是因为中国人习惯把话说到最后面,前头得有一大串客气、好听、奉候的词语才能把真正的意思表达出来。直接把话说到前面会显得很不礼貌,所以必须首先发出警告,"我把话说到前面"。好尴尬吧!

[2023 年]

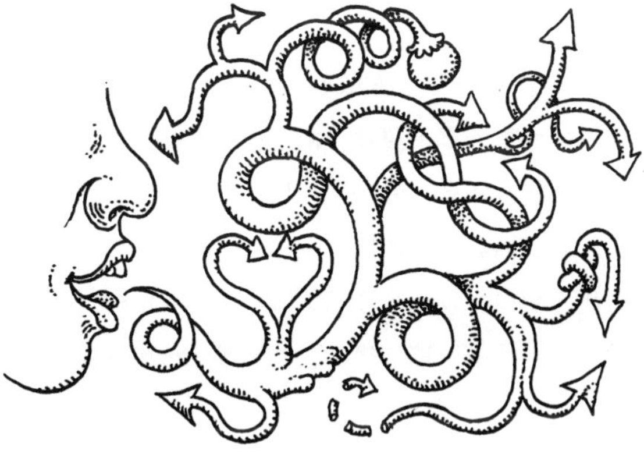

环岛
huándǎo

我 1980 年第一次跟奥利沃一起开车去法国,照常是到处瞎开车拍照片。记得我们一边开一边嘲笑法国公路有那么多的环岛。当年意大利几乎没有什么环岛,因此觉得法国人很笨、很繁琐。好多年之后我才明白每设一个环岛就可以少一个红绿灯,因此交通更通畅一些。果然是我们笨,法国人比我们先进。说起原因,为什么当年意大利没有环岛呢?是因为意大利司机的素质还没到那份上。环岛要求司机素质高、守规则,要不然会堵死了,也会出很多车祸。现在意大利满地都是环岛,中国仍然很少。

[2022 年]

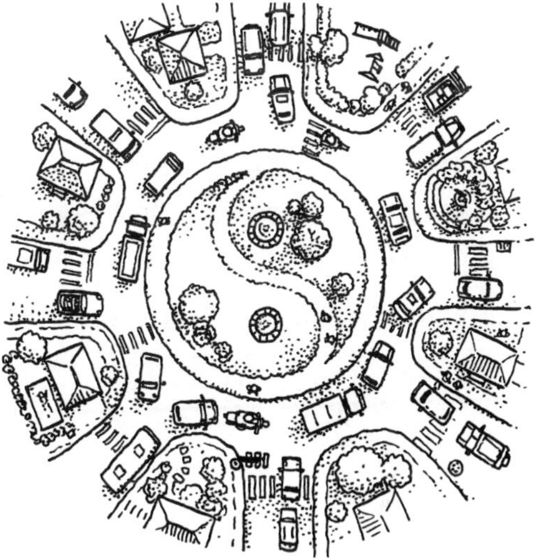

换位
huànwèi

我来到中国以后,才知道我们是"二战"的战败国,才知道墨索里尼特有名,才知道葡萄酒和高级服装主要是法国的、火腿是西班牙的,才知道热水是可以单喝而且能治病,才知道安东尼奥尼是个

坏人，才意识到天主教的忏悔是个了不得的控制手段（最原始的大数据收集方式），才知道掏出手绢擤鼻涕，然后把手绢细心叠好放回兜里是很难看的行为，才知道有个不蓝不绿的青色，才知道意大利语是小众语言，才知道晒黑不好看，才知道羊肉是热的、鸭肉是寒的，才知道帕尔马火腿和烤馒头是绝配，才知道春捂秋冻就不生病，才知道咖啡有中药味，才知道红外线和红内线没区别，才知道连形而上都是因地而异。

[2021 年]

汇款
huìkuǎn

    我可以骄傲地宣布我这辈子挣的每一分钱都来自我的劳动。我不投资，不理财，不赌博也不买彩票，更没偷过或借过别人钱。所以我最近为了把一笔钱汇到自己境外账户而遇到的各种障碍，让我感到很冤枉。自己的钱存到银行之后到底是谁的？这里面也存在 IT 世界的若干问题。无论如何，先慢慢讲。

    都 2024 年了！当然得用网银办事。我开始操作，马上就跳出来了个提示，让我先填一个税务声明表才能往下走。我专门跑到税务局要了一份我的基础信息表。人家给我打印出来两页，最上面是我的税务识别号。下面还有个比较好玩的信息，写着我首次入境日期为 1981 年 6 月，预计离境时间为 2099 年 12 月 31 日。对于 1959 年生人，这算是很大的祝福，也再次证明北京特别欢迎我。后来回家准备填表，居然发现税务局给我的文件没有用，只需要个外国税号和我出生的详细地址，细到门牌号……真是第一次！我 65 岁的老人还问谁去？随便填上了现在的住址。填表到最后，确认，又跳出个提示说此手续不能在网上完成，必须到银行的线下网点。去了。

在支行里又重复了一样的信息，签了无数纸条，输了无数密码，大概一个小时之后就算解决了。银行职工，您辛苦了！我回家了。

终于可以开始办网上汇款。我填上了所有的账户信息，国内的和国外的，不过，到了最后确认时又出问题了。银行曾经给我发了一个电子盾牌，术语叫 e 盾。这个玩意儿苹果电脑不认，PC 电脑认得，但不发码。以前有个简单的发码器,不用连上电脑或手机,还比较好用,现在竟然淘汰了。为了能够对付当今更凶猛的矛戟,给我们匹配了盾牌,谢谢关心。我最后发现用手机就可以连上它,好极了。小东西发码了,我写上了,终于到了下一步,也是最后一步。手机网银跟我要盾牌的密码。傻了。我根本不记得它不仅发码,还有自己的密码。试了几个常用密码,都不行,小玩意儿锁定了。我给客服打电话,人家说我可以改用手机验证码取代小e盾。早说呢,看来那些矛也不算太可怕。我在手机上选了手机验证,让我做面孔识别:把脸放在圈中,好!睁眼、闭眼,好!张嘴、好!头部向右转,好!然

请张嘴

后屏幕上疯狂地闪了整个一道彩虹，出提示：识别失败！我整个识别过程起码重复了十几次，有点过瘾，但一直失败。又得去银行。张嘴，闭眼！

银行职工真耐心，又签了无数纸条，输了无数密码，说是重置了小鬼，但还是不能用。经理出来了，她坚持 e 盾没有密码，我说有密码，研究了半天还是有密码。算了，老盾牌已磕破了，换一个新的。又签又输，终于能设密码了。保险起见我试着给朋友转一块钱人民币，成功了！经理顺便还告诉我外籍人不能用手机验证码，所以面孔识别不会通过。早说呗！这回是两个多小时，职工辛苦！经理辛苦！

回家后充满信心又填上所有账户信息，码发了，我把盾牌密码输进去了，都没有错。但还是挑出提示：这种交易不能在网上完成，请到最近网点……我怒气上来了，早说我的钱现在归你了我就别折腾了吧！

这回以老顾客身份回到了银行。我说咱就回到往年，手动操作这笔汇款。人家还不太甘心，先看了一下我手机上怎么填的信息，发现了我写的附言可能有问题。我本来以为附言就是给自己看的，但AI也许不这么认为。经理让我用英语写上"living expenses"，也就是生活费。再试一遍，仍然提示我去银行柜台。这时冒出来一位男同事说知道问题在哪儿，应该写汉语拼音：sheng huo fei。改了，还是不行。我已无精打采，恳求他们手动操作。重新又签又输，最后我以为已经汇过去了，不行，还有一个步骤。职工在一张纸上手写了一些我必填的信息。第一个是我那些欧元的来源。我说是好多年前从意大利汇过来的。问我谁汇过来的。我说我不记得，而且应该是几笔汇款，不同时间的。不行，得写！好吧，我说是我妈汇过来的。你妈这笔钱从哪儿来的？我妈已去世五年多了，我本来想说来自退休金，但听起来太惨，我就说是我妈工资。你妈什么工作？哪一个单位？我想起三十多年前我妈在我的中学任过教，我就把职位和学校名称写下来了。下一个信息是我的收入来源。这也说不清，说租金不可以，说退休了也不行，因为我没有养老金。我说我是摄影师，自由职业者。非要很具体，很详细的来源。我就打开了淘宝，给经理看我出版的《稍息》那本影集。人家说你写稿费就行，再加上我是摄影师和作家。好家伙！最可笑的是没追问我这笔钱汇过去的用途,仍然满足于那个 sheng huo fei。我要在这待到 2099 年，在那边还要什么生活费呢？我意识到我琢磨这些很无聊。

最后这一场圆满成功，钱汇过去了，还扣了不少手续费，那是应该的，对付 AI 多不容易啊！

总结一下，一句话：劳民伤财。

[2024 年]

火锅

huǒguō

一九九几年,有次在成都,与七八位本地朋友去吃夜宵,当然是火锅。进了一家小馆,很快就上了一个红得发紫、冒着热气的大锅。大家盯住大锅,过了一会儿,除了我以外所有人都一声不吭、不谋而合站了起来,往外走去。我也茫然跟着大家走到另一家馆子。这一家的火锅在我看来跟刚才的一模一样,不过,大家表示认可,开始点菜。我至今也不知道当时大家看出或闻出什么问题来着,但特别欣赏这种直觉,AI 很难取代的直觉,让我感到自己特别老外,同时觉得很受保护。无论如何,那次吃得辣死我了!

[2021 年]

机器
jīqì

大概是1988年,在大连钢厂验收一套设备期间,一位意大利老工程师和一位本地工程师在对话。语言不通,只好用手脚和象声词来交流。在描述同样的滑动工作台时,中国工程师一边大声喊嘎嘎嘎一边俩手臂大幅度左右晃动,而意大利工程师一边小声发出叮当声一边小指头轻轻地左右来回。那就是仰视和俯视之别,悠久的工作坊工业文明和社会主义现代化大片之别。

后来到了1990年代,我看到刘小东画的一辆高级奔驰车,我非常佩服他的绝技,那辆车画得很土、很软、很落魄。我跟他说:你可真把中国的奔驰给画出来了，跟德国出产时那辆完全两样。最近经常看到一群一群的黑色奥迪车，蒙了一层土趴在路上跟蟑螂似的，毫无神气，完全没有高科技的凶猛形象。机器也有灵魂，机器也会随环境，随主人的风格、气质而变身。超长的豪华轿车、毛茸茸的方向盘套、黑乎乎的贴膜、滑稽的报警声、让人晕倒的车内香水、车内挂满布娃娃、挡风玻璃贴满年检标……我1993年买了一辆新车，刚从车行开出来的时候一大帮哥们儿争先恐后地拥上来："哥们儿买新车了，我们来装修吧。"我想，连车都能装修？我就说：抱歉，我对我的新车已经很满意。装修？没门。

[1995年]

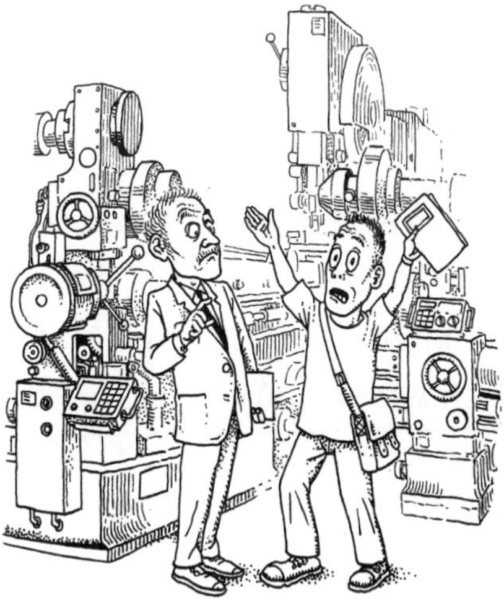

加拿大
jiā ná dà

中国人最容易搞混的两个国家是意大利和加拿大。我认为还是译音的问题:哒哒哒、嗒嗒嗒,差不多。1989 年底有一次跟一个意大利同学一起开车去邻近北京市的河北某地方转转。在一个小城镇停下来了,我照常用三脚架拍照片,同学逛小店给孩子买点小玩意儿。一个骑自行车的小伙子赶过来要求我们出示旅行证,我俩一下子目瞪口呆,只好问他是谁?小伙子如鱼得水,以 007 般的速度从夹克内兜拿出来一张县外事办公室的证件,客客气气地请我们跟着他去派出所。我与他商量好我们的汽车会跟着他后面开。没想到,同学一上车,还不等我把车门关好,就以007般的速度开跑了。我有点紧张,至少那不是我的风格,所以心里有一丁点不踏实。我们开往北京方向,一路兴致勃勃地瞎聊天,几乎把那件事给忘了。大概已开了20多公里,突然看到一条红白色的横杆拦着马路,显然也不是铁路交道口。同学急刹车,停下来了。从旁边的屋子里出来了几个警察,招呼我们把车开进院子里。原来就是在等我们的。我和同学分别被送到两个房间,进行校对式审问。我彬彬有礼地叙述经过,不断地为我们刚才的行为道歉,说我同学性急,不过他是好人。那时我能感觉到另一个房间的审问就不那么顺利,同学不配合,态度有问题。大事不好了,那外事办的小伙子也骑着一辆侉子得意洋洋赶过来了。警察让我写个检讨,而且说要把车和人都扣了,等我们单位来人交代再说。我单位除了我没别人,我同学也是。我正着急想着此事咋办,一个貌似领导的矮个子、胖乎乎的、一副佛陀相的人进来了,还跟了一大帮人,茶水也上来了。他客客气气地开始跟我聊天,说起马可·波罗,聊到中意两国的友谊,夸我中文讲得还不错,还会写字,我不失机会插缝儿继续道歉。说到最后,人家慷慨地说我们两国之间的友谊要感谢白求恩,问我知不知道白求恩。我当然知道白求恩,那年代在威尼斯学中文除了毛泽东和刘胡兰就是白求恩。领导表示满意,又开始讲伟大的意大利医生白求恩的种种典故。我心里发怵,同学还

没过来,我机械地微笑、点头,时而感叹,争取保持冷静和放松的姿态。我心里想:完了,他肯定早晚会想起来白求恩不是哒哒哒人而是嗒嗒嗒人,那不就是又给我加了个欺骗罪名吗?幸亏那时同学也给带进来了,话题终于转移到了同学的身份、工作等等。几句套话之后,派出所的全体警察出来欢送白求恩的同胞们返回北京。

已到晚上九点多,我们一路都在惦记各自的老婆会多么担心,我们也无法跟她们联系。上了二环路,同学的车开始异常震动,越来越厉害。同学说没事,因为柏油路上有辙,很多,很深。快到东直门的时候车还在抖,我憋不住下车看一眼。新铺的沥青又黑又光滑,结果发现是轮胎扎瘪了。换完轮胎已到子夜,当时北京的子夜说是空城、沙漠都不过分。我们终于回到了各自的家,老婆们都睡得很香。

[1992 年]

建筑
jiànzhù

　　我发现中国人很抵触现代建筑，人家品位很传统，甚至有点通俗。北京最主要的当代建筑都遇到了老百姓的否定和讽刺，例如保罗·安德鲁的"水煮蛋"或者库哈斯的"大裤衩儿"，都是北京老百姓所起的蔑称。到底喜欢什么？在巨大规模建设的时代，北京市政府为了表示对中国传统文化的尊敬，安排在高楼大厦上面盖一些传统风格的琉璃瓦屋顶，尽管当时显得有点可笑，现在那些大厦却成为了那个时代的标志性建筑。1990年代比较流行把自己家装修成国际大酒店——这在欧洲知识分子眼里是最低俗的品位。后来有了长城脚下的公社、老工厂改造的798艺术区、草场地和灰砖建筑群，类似新包豪斯的建筑风格也开始被一部分人接受。几年后王澍获得了普利兹克建筑奖（建筑家的诺贝尔奖），更多人相信了中国能有自己的当代建筑。张永和、马岩松等建筑师也为之做出了贡献。

北京的CBD，上海浦东的陆家嘴，多多少少抄袭了美国大城市以及全球化现代建筑的套路。不过，建筑物长得太怪就不行。

我在1990年代经常陪中国代表团去意大利考察，大家的反应都是意大利的城市太旧，太破。当时人家期待的是现代化，钢筋水泥玻璃镜面的摩天大楼。三十年后的今天，中国遍地是摩天大楼，很多中国人已见过世面，到外面却想看国内稀有的古老城市和建筑、青山绿水和历史废墟。再进一步，随着中国被定为世界文化遗产的地点越来越多，大家开始注意到本国特色，重新重视自己的老建筑，乌镇、平遥古城、丽江等是几个例子。人与环境之间的关系一直在变化，中国的迅猛发展使得人们短暂的需求和心态在建筑方面得到庞大的体现，等到态度变了，很难掉头。意大利的 1960 年代也是如此，好在人力和财力都很有限，后来掉头就容易一些。

[2022 年]

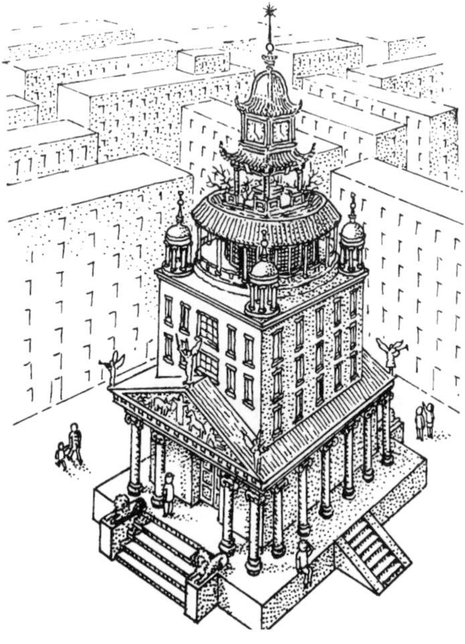

奖状
jiǎngzhuàng

我六岁的时候第一次得奖,也是最后一次。市政府给我颁发了优秀学生奖,还奖励了一千里拉。我记得我妈特别感动。

后来不知道为什么我对竞赛、得奖类的事情特别反感。我虽然多次当过评委、给人颁奖,但一直丝毫不想去参赛。我更倾向于从身边的知己与好友得到认可和鼓励,觉得更有价值。其实我很明白为什么我六岁得了那个小奖,是因为我妈上过大学而且爱管我。另外一个原因是我迷上了一个电视节目,一个扫盲节目,每天下午五点钟播出,叫做"不算太晚"。那位老师非常可爱,画一些写意的小图,声

> **奖 状**
>
> 老安 同学 一年级期间成绩优异,被评为三好学生
>
> 特此鼓励!

音也非常温柔。看了看,我五岁就会识字了,啥时不算太早。那个时候电视只有一个频道,如果像今天这样,我估计不太可能看那个节目。再说,现在根本没有那样的节目,尽管有这么多外国移民特别需要。你说那些移民的小孩子怎么可能得奖?

我当时最好的朋友家里没电视,他爸在路边修鞋。我怎么认识他呢?是因为他有一辆脚踏玩具车,我特别想玩,他不让玩,他也不爱说话,沉默地坚持不让我碰。后来姥姥帮我调解,终于让我用了一下,我俩就成了好友。小朋友因为不爱说话,一年级就留级了,后来被调到特殊班,也就是弱智班的婉转名称。我经常给他补课，跟他一起玩演电影，他一点也不笨，就是不爱说话。勉勉强强小学毕业了就去了一个加油站打工，后来去洗衣店熨衣服。他刚十五岁的时候女友怀孕了，生了个瘸腿的娃。后来我们失去联系了。我家里还有一套因为借钱给他、他还不了而补偿给我的 Hi-Fi 音箱，如今还挺好用。所以我经常想，我得了那个奖有啥意义呢？我也纳闷儿为什么觉得这些事都互相关联。

[2022 年]

降落
jiàngluò

北京飞往海口的航班里我坐在右侧中间座位。靠窗户的是一位海南老太太。后面一位母亲给八九岁的儿子上航空基本知识课："现在飞机要开始加速,达到一定速度之后……"老太太似乎也在听着。她一路都很清醒地盯着窗外的景观。飞机快要降落的时候,也就是机舱像铁皮玩具似的吱嘎吱嘎左右扭动发动机噪声震耳机翼上所有部件都在疯狂地摆动转动升降推拉而飞机的超高速度突然回到了人们能感受到的维度中的时候,老太太似乎终于认到了外面熟悉的土地和房屋,就从

容地,也有点紧迫地解开了安全带,正在飞机着陆的紧张瞬间里她站起来了,以漫不经心的语气对我说:"我们是到了吧?"

海口返回北京的航班里我还是坐在右侧中间位置,靠窗户的座位坐着另一位海南老太太。飞行中我陆续帮她系安全带、打开小桌、撕开湿纸巾和小零食的包装、传递饮料、调整座椅靠背等。起飞不久后她问我咱们是几点起飞的,我说我没戴手表,反正应该是八点四十到达北京。她说:"噢,这个飞机真慢!"八点十分,飞机开始下降的时候一系列广播声闹醒了老太太,她问我什么事情,我说飞机要下降,她看了一下手表就吃惊地说:"噢,这飞机真快!"

[1997年]

交规
jiāoguī

我的第一个中国驾照是换来的,所以对中国交规的一些特殊性不是很了解。首先学到了红灯可以右拐,然后知道了从右边超车很正常。不过,有一个规则没弄明白,所以去问我们公司的司机。我说,在没有红绿灯也没有特别指示的十字路口,谁优先通过?小伙子犹豫了一下,然后回答说:谁有本事谁先走。我就明白其他什么规则也不用再问了。

这些年实行驾照扣分制,加上满地都是摄像头,司机们都乖了许多。另外还有手机的贡献。还没有手机的时候,司机们容易发怒,公路暴力行为比较多,还有很多喜欢飙车的。有了手机以后,无论是长时间拥堵还是被其他司机欺负,一般不会有太剧烈的反应,司机们都好好地坐在车里,发微信、听电话、看短视频都行,对外面发生的事情很淡定。

手机普及前,常有司机在行驶中互骂,还特意摇下玻璃骂人。不过,一旦发现我是老外,人家就不讲什么交规或车技,直接来个:"这儿不是外国,这里是中国!"谢谢提醒,看来我的本事还不太够。

[2022 年]

123

节日灯
jiérì dēng

视觉污染的根源之一。是根本的问题。灯光有调节心情的作用,但也不能滥用。你可以用节日灯装饰一个破破烂烂的门面,但比如不能破坏德胜门的庄严景观。在中国飞快发展的 1990 年代和 2000 年代,大量使用节日灯。节日灯会让一些还未赶上步伐的地区,至少在夜间显得很华丽。最夸张的例子是用绿色灯泡照射草坪和花木,立下了连著名英国草坪都无法达到的新标准。

我的朋友和导师摄影家路易吉·吉里的作品中有很多这种庸俗文化的表现:花园里的白雪公主和七个矮人、修成难看动物头的灌木等等,都属于百姓行为。不过，在意大利至少还没有过什么部门敢于在米开朗基罗大卫雕像的鸡鸡上挂个灯泡。

[2012 年]

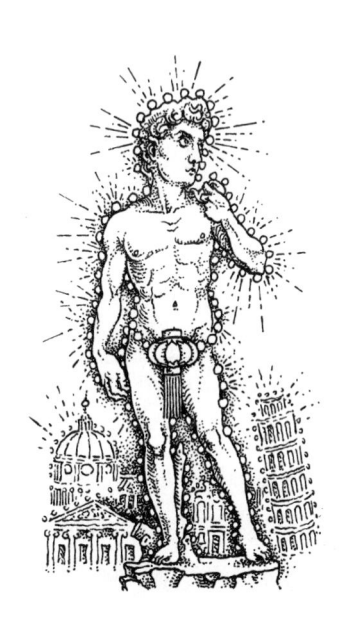

开头
kāitóu

1978年我是威尼斯大学中国语言文学系的本科新生。当时我已经拍过几年照片，学的是汉学，但满脑子是摄影。西方人这方面分裂得比较早。

学了半天，1981年我才第一次有了机会去看中国这片神秘的地域。把相机、胶卷都准备好了，然后把大小飞机、火车、船、小轿车等各种交通工具提心吊胆地坐了一周，才到达南京。我主要为胶卷担忧，怕它们受潮受热漏光被没收或丢失。其实南京那年夏季的温度别说胶卷，连人都受不了，每天几十杯酸梅汤也补不上散发的和流掉的水分。我头一次体验了冲冷水澡的同时还出汗的感觉。

有一天在南大碰到了几个外国留学生，他们唱一首歌叫《没有 blues》（"没有"蓝调）。歌词就说一个人到处跑，找啥没啥，想买啥买不到啥。的确那些年物质贫乏，但所有人还是面向未来，所以缺乏的货物常有替身。不管是模型、样品、图片或标语，将来的小康生活慢慢渗入大家的意识中。又简单又被宠坏的老外无法理解，觉得摸不着的、吃不上的就是"没有"。好在我找的是光和阴，所以在中国那些年能吃饱喝足。

在意大利学汉学那些年，我的亲戚、朋友及老师们齐声劝我那是死路一条，将来找不到工作，汉语也学不会，即便学会了，中国有上千个方言，谁也听不懂谁；另外，汉字的难度超过骆驼穿过针眼，况且中国还去不了。当时确实根本不让进，没门儿。我唯一真正在乎的是最后这一条，毕竟，人到场才能拍照片。因此，1981 年我头次登上大陆的那天真是喜出望外。这是我中国生涯的开头。

1982年我拿到奖学金去上海,这回是两年。又一次是假装上课学习,实际上整天到处拍照片。不过,复旦的老师们貌似也不把我们当回事,内心里不觉得这帮人有出息:生活不习惯,语言、文化都不明白。再说,这帮老外还有点"二",那边活得舒舒服服的,还非要到这儿来受苦,干什么?人嘛,一根筋!

[1991年]

栏杆
lán gān

中国是农牧业大国，自然会把一些放羊的技巧带到现代生活里去。因此中国城市里出现了各种各样的栏杆。以前连公交车站都有栏杆，用来把座位和站位分成两溜儿排队。问题是人比羊灵敏，很快就学会了直接顺着马路上车，避免排队浪费时间。

有一次，我和一个意大利同学乖乖地排队，久而久之，毫无进展，已经来了无数的车而我们还在原地不动。我同学突然一把劲儿跳了栏杆，上了公交车，把所有非法上车的乘客挨个儿拽了下来。再灵敏的人，由于从未遇到过这种情况，一下子毫无反应，跟羊一样屈服于同学的行为。最后同学又跳回我身边继续排队。好过瘾!

[1990 年]

老师

lǎoshī

在中国,满地都是老师。由于叫身份不叫名字的坏习惯,只要你是个没有官衔或明确级别的 30 岁以上的知识分子,大家就会管你叫老师。随着改革开放的深化,很多人没单位,各种盲流也越来越多,因而老师们也泛滥了。最明显的是在电视节目里,八

成节目被设计为一帮孙子面对几个木乃伊，孙子唱呀、跳呀、朗诵、表白、哭呀、笑呀，然后木乃伊们（即老师们）来评分。那种眼神，我的妈呀，可真吓人。孙子们那期待啊，老师们那严肃啊，而且从来不可能反驳，说你是傻逼你就突然意识到自己的确是个傻逼而机械地、玩具熊般地点点头。说你牛逼呢，那你的小才突然膨胀成泰山了。记得我初中的时候，大概是受了68学运和"文革"的影响，有一次在考卷上写了"所有老师都是傻逼，他们讲话就是自慰"，结果老师们把我母亲叫到学校，让她多管管我。果然老师们的能力也是有限的。其实现在看电视里的那些老师们，我心里还真想给他们戴上帽子挂上牌子，应该是属于物极必反的定律。

[2022年]

老外
lǎowài

概念很明确，中国以外的人都是老外，非中即外，不是华人就是老外。华人在国外定居也管本地人叫老外，老外并不意味着非本地的。

大家心目中最典型的老外形象是西方白人，日韩勉强符合老外之称，把黑人叫做老黑。老外长得都一样，分不清谁谁，老外不懂中文，不懂中国文化和风俗，经常对中国有偏见和敌意，长话短说就是坏人。反过来讲，因为比较遵守规则，来华的那些一般素质不会太低，所以中国人基本上不怕老外，还觉得比较好糊弄。

还有另一种老外，极少数的，叫做中国通。中国通再细分三种：猴子、狐狸和狗狗。猴子老外是那种为了被接受而拼命努力趋同：学习成语，模仿中国人的习俗和姿态，甚至穿中国传统服装。1990年代最显著的例子是大山。他精通汉语，说相声，语调和动作全部学中国人的。他扮演洋人（即自己）的时候也是中国人眼里的老外。他还有个著名驯师：相声演员姜昆。大山的长相也符合中国人心目中的洋人：高个金发碧眼。用北京话来说，看上去有点二。而且因为美英母语的人中文再好也能听出点美国口音（因为他们把拼音念得乱七八糟），所以样样齐全，非常完美，让中国人很放心地看马戏。

第二种是狐狸。这种老外中文很好，会讨好中国人，但心里看不上中国人和中国文化，觉得中国脏乱、封建、落后。他们还觉得中国人粗俗、没个性，他的最终目的就是为自己谋利。用北京话来说，就是油条。

我大概属于第三种，狗狗老外。中国人可以把狗狗当自己人，喜欢它，保护它，跟它玩，用北京话来说它就是哥们儿、姐们儿。狗狗老外精通中国文化和习俗，但未必故意效仿，他会保留一些自己原有的特色。毕竟，不是同一个物种。

[2023 年]

历史
lìshǐ

　　我上初中的时候就开始主张学历史应该把历程倒过来学,从现在开始往过去学。当时,小学也好,中学也好,都是从恐龙、猿人开始。到最后,因为时间怎么也不够,顶多能到20世纪初。我觉得宁可不学猿人也不能放弃大家都能有点亲身体会的当代历史。其实,历史总是相当模糊。当年我想去威尼斯学中文的时候,申请了奖学金。我学习成绩还好,家庭经济条件很糟,基本条件都具备了。如果拿不到奖学金,威尼斯肯定是去不起的。最后,大学办公室叫我去面谈,人家很严肃对我说:"非常遗憾无法给你提供奖学金"。我一身冷汗,问为什么。人家

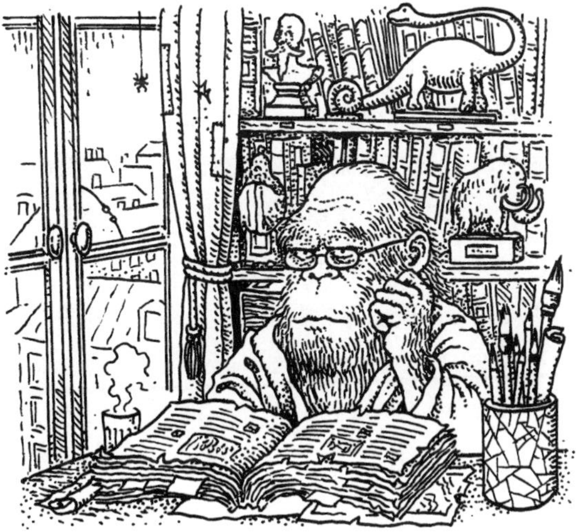

说因为我们家有四套房子。我听起来好晕,四套房子?在哪儿?早知道我也不会来申请,这该算个好消息。办事人去翻查资料,写的地址就是我家住的地址,我想,哪儿有四套房?结果是因为 1886 年的房产证里登记了四户人,我就让他仔细看,他才发现每一户才占 20 平米左右,也就是我们家的四间房,加起来就 80 平米。那人一边皱眉头,一边让我明天再来看看。我 1984 年毕业于威尼斯大学中文系。连自己家的那么点小事都能搞得如此不清,何况古希腊、汉朝、中世纪等等。如果当事人能看到我们的历史课本,一定会笑到天涯海角。

[1991 年]

练习本
liànxíběn

为什么现在小学生的练习本和课本的质量都那么差？如今还记得我一年级的时候那墨水的香味儿，那厚厚的书皮和雪白的纸张，就让我渴望写上整整齐齐的美字儿。课本也非常漂亮。人的美感和品位如果不在这时候培养，等到后来就没戏了。细节决定一切。

[2015 年]

旅行证
lǚxíngzhèng

在复旦大学读书的两年，我去的地方很多。刚到中国没几个月，我就非要去天涯海角，果然是探险家的后代。那时候中国人去哪儿干什么都需要单位的介绍信，外国人需要旅行证。天涯海角的旅行证不发，得想办法。先用复旦开的介绍信坐火车到成都，假装去研究杜甫草堂。回去的时候，我说票不好买，必须绕一下，就把去昆明的火车票骗到手了。从昆明到了南宁再到湛江，就这样一路骗到了海口。

下边更复杂了。早上五点多到海口长途车站，天黑得人不见鬼不显，上车的时候人挤人，一个困得不行的同志在查证件,我理直气壮地出示我的护照,人家看了半天,看不懂等于没看出什么问题来……上车了。天渐渐亮起来了,几位原来埋头睡觉或盖上一顶大草帽、靠在前座靠背的乘客陆续抬起头来,居然有好几个老外。又一次证明了老外到海边度假的欲望是根深蒂固的。在大家都觉得已经成功上路了的时候,一位北欧女子站起来了,去找司机说她把护照落在旅馆里,哭着喊着要求掉头回去。我已经说过,当时外国人的身份比较特殊,所以司机很痛快答应开回到中旅招待所。我觉得这回完蛋了,天已经很亮,这帮非法游客回去肯定会被发现。咱们几个老外只好重新埋头,盖上帽子假装睡觉。幸好那位女子决定不去三亚了,她在招待所门口下了车之后,汽车马上就开走了。下午终于到了三亚海边唯一的招待所:鹿回头。不让住,说我们最好回去,其实没法回去,我们只好在外头磨蹭到天黑。然后,这回没走前台,直接到海边去找一个前些日子入住的朋友,让她藏我们一夜。半夜三更,一个警察握着手电筒进来了,得意洋洋地说我们跑不了,不能住。我们确实跑不了,哪儿也去不了。后来警察叫醒前台,前台叫醒客房部,给我们收拾了一间漂亮的平房。

我们在那边住了一周,吃海鲜,摘椰子,游泳,晒太阳。从此我知道了我有戏,中国有戏。那是1983年的春节。

[1990年]

民族
mínzú

我问过王小波是否觉得中国人与西方人之间有差异。他说不觉得，都是同一个物种。小波的回答很科学。在当代人类学里，连民族的概念本身都有点说不过去。虽然如此，人们满嘴都是这那民族、这那肤色、这那文化。扯淡！在意大利人的证件上没有"民族"这一项，是可以理解的。意大利是地中海的宝地之一，历史上谁都试图在我们这儿待着、定居，很多成功了。还不仅仅如此，每一拨袭来的大军中有多个民族的士兵，甚至语言都相互不通。因此，当代意大利人就是这种历史杂交的产物，虽然现在不再是通过战争，这种现象还在加剧。

我父亲是意大利南方人,但他的姓氏全国没有第二户,反而在西班牙南部和菲律宾是很普遍的。我妈妈是意大利北方人,还算比较地道吧,黑头发浅色眼睛。姥姥金发碧眼的问题暂时不分析了。我岳母是满族的,姓佟。我岳父姓金,疑似朝鲜族,长得也像。在如此复杂的背景之下,给我小女儿办理户口的时候,办事员毫不犹豫、一言为定:汉族!

我当时很欣喜,汉族队列中加了个卡瓦祖蒂黎娅,很新奇。那么她到底姓什么?就算是跟我一样的姓:卡瓦祖蒂,中国百姓名录一下子加了不少字!算我的小贡献吧。以后再有谁跟我讲民族这那,我跟谁没完。

[2015 年]

名字
míngzì

中国人很看重名字，怕名不正则言不顺。这本身挺好，虽然时而会限制用名字的灵活性和创新。不过，涉及外国名称的时候，问题就复杂了。首先中国决定了外国名称都必须翻成汉字，也就是译音。本来几个字母的外国名称，用中文写下来有可能需要好几十个笔画。这个问题在另一个词条已经讲过了，不再重复。我现在要讲的是关于一些任意的、已成事实的选择。比如全世界叫为 Leonardo 的那位了不起的艺术家和科学家，到了中国就变成了达·芬奇。全世界叫做 Mercedes 的汽车品牌，到了中国就变成了奔驰。为了迎合美语发音，我们美丽的 Napoli 变成了那不勒斯，多难听！我看他们敢不敢把巴黎改成巴黎斯，不可能。累死我了。

[2022 年]

鸣笛
míngdí

在米兰从早到晚,包括深夜里,一直能听到分贝数极高的鸣笛,最多的是救护车。米兰市区人口才一百多万,难道米兰人那么爱病倒、那么爱出事吗?也许跟人口老龄化有点关系。不过,还是无法解释为什么在两千多万人口的北京几乎听不到鸣笛。北京人中风受伤晕倒怎么处理呢?恐怕又是什么文化差异的问题。中国警察也不像意大利的那么爱耀武扬威、响着鸣笛高速穿过城市街道。中国警察怎么抓贼呢?其实中国的治安比意大利好一些。这些问题困扰着我,尤其在半夜三更被那震耳欲聋的鸣笛吵醒的时候,我就会想,万一我心脏病发作、家里被盗、着火的话，我在哪边待着比较好？的确没有答案。

在中国很少听到救护车鸣笛，不等于说没有噪声。中国有自己的噪声体系：鞭炮、电动车报警、大声说话、车喇叭、扫地车的音乐和各种各样的广播。不过，中国人对这些噪声貌似不太敏感。总算又发现了一个文化差异。

[2023 年]

内外
nèiwài

本来是个普普通通的词,来到中国以后竟然变得很模糊、很怪异。也许台湾比大陆洋气些,反正我第一次意识到了"外"的复杂性就是在台北。当时我跟台大一学生聊天中提到了"红外线",人家立刻纠正我说应该叫"红内线"(infrared)。我傻了,因为我其实一直认为应该有紫外线和红内线,但在大陆学的中文让我脱口就说"红外线"。后来冷静地分析,也就是个角度或者立场的问题。如果不分左右、不分多少的话,内只是外的内,外只是内的外,不在一个范围里罢了。有启发。

那时候上海人叫我们外国人(读 nakounin),我听着也没觉得有什么大问题,上海有外滩,有外国人,"外"字都在同一个位置上,没啥贬义。随着改革开放进入了招外资阶段,中国人就开始叫我们"外宾"。这显然更牛逼了,没事。再后来中国崛起了,我们就普遍变成"老外"了,听起来有点像人家把你看腻了的感觉,你不新鲜了,貌似亲切的"老"字缓解不了"外"字之重。问题是它仍然不顾左右,不分高低和多少。甚至昨天看儿子一年级课本上写着"花儿格外鲜艳",我都觉得的确不太和谐。

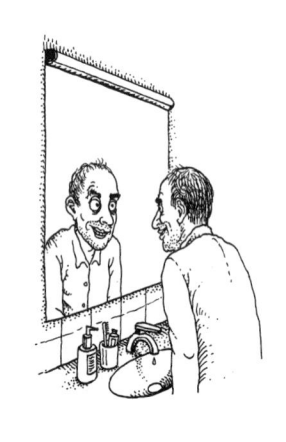

[2012 年]

乞丐
qǐgài

    大概是1995年左右，在江苏江阴出差的时候结识了两位乞丐。那些年江南几座中型城市都在努力成为模范城市。第一座是张家港，那边的农民没上楼，直接住进别墅了，小洋楼。他们也没有买车，直接买到了奥迪。不过，最抓眼球的是每一个人手里抱着一个比较小的最新款不锈钢水壶。里面的水也许没有多大的改进，但卫生得体。江阴没有那么夸张，只是把最主要的街道改成了步行街，在街口高高挂了一横排不少于二十个禁止路标：禁止汽车、卡车、三轮车、摩托车、马车等车辆通行，各有各的标识。另外还有禁止随地吐痰、放烟火、鸣喇叭、生火、倒垃圾、洒水甚至吸烟的标识，非常前卫。在这样的背景下，有一天我在酒店大堂咖啡厅靠大马路落地玻璃窗边坐着喝咖啡。外面天很亮，里面比较暗一些。突然外面有个衣裳破烂个子矮矮的胖子把脸贴上了窗户，使劲往里面看。终于看到了我们，他就一边热情地微笑一边伸手，希望有人给点钱。在他后面又赶来了另一位高高瘦瘦的走路一瘸一拐的乞丐。我们摇手表示不准备给钱，但小胖乞丐还不走，贴着脸呆呆地看着我，一直在微笑。第二天一出门就碰到他们了，这回是小矮个子握着拐杖一瘸一拐地走过来。他向我伸手，但马上又笑着收回去了，似乎要说他不是那个意思，习惯性动作而已。我们聊起来了，我说那高个子今天怎么走得这么利索，矮个子说假装瘸腿很累，一天一个受苦就差不多了。我们边走边聊些乱七八糟的，小矮个子说话不断插一句"我佩服你"。我每次回答没什么好佩服的。后来他就改说"我尊重你"。高个子默默地点点

*粗心的插图画家把他们的身高搞反了

头,他不爱说话。我说我也很尊重他们。路过了小卖部,矮个子跑进去讨了一罐啤酒送给了我。我谢绝了,他非要我喝,说他尊重我,我就喝了。后来每天能见个面,走一段路,聊几句,给我弄个水啥的。等我要离开江阴的那一天,我决定给他们一点钱,准备好了一张五十块钱,但他居然拒绝了,我塞到了他兜里他也非要还给我不可,我就问了一句为什么,他说:"我太尊重你了!"

[2015 年]

前后
qiánhòu

跟"外"的问题有些相似,闹得我每次要用的时候都犹豫不决。以后肯定是未来,对吧,但落后指的是后面、过去。后视镜不是用来导向,对吧。翻一本书的时候说往后看,意思是前进(时间概念而不是空间概念),往前翻的意思反而是往已看过的部分看、奔前言的方向走,但"向前进"难道意味着掉头吗?也许是,原来大家误会了。美国作家威廉·巴勒斯(William Burroughs)曾经说过:"语言就是病毒。"

[2012 年]

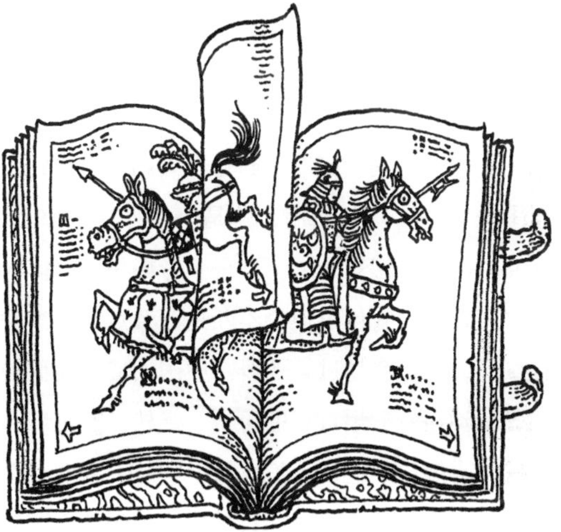

墙
qiáng

中国人特别爱砌墙,到处有人砌墙。这些墙实际上没有多大防备作用,就是个意思,一种表述。这儿有堵墙,您看到了,不得不考虑一下。博物馆大亨樊建川跟我说过他会不断地穿黄灯,但绝对不穿红灯,更不会越过警戒线。中国的墙就类似警戒线,一种违者后果自负的警告。当然还有长城和网络的防火墙,但这回不说罢了。另外一种墙只是为了阻挡视线。我家附近的大羊坊路曾经两边都是小买卖。到了2008北京奥运的时候,觉得小破店不好看,但一下子赶不走这么多人,所以沿路砌了两堵古色古香的灰墙。奥运过后,终于把买卖连墙都成功拆掉了，但一下子没人规划投资，因此马路两侧堆满了砖头、废墟以及个别的钉子户。这种场景也不体面，所以两堵廉价的红砖墙迅速地砌起来了。过了几年，经济危机还没有明显的好转，所以有新规划下来了：修湿地公园。施工期间那堵墙碍事，先把它拆掉了。公园修好了，但是树木还没长好而且没有正式开放，看上去有点赤裸裸的样子。咋办？临时砌堵墙再说。

[2016 年]

人物

rénwù

在特定时期和地域实现人人想不到的事业，或者达到了预料之外的高度，对我来讲就是人物。在中国我亲自结识了不少人物，还跟他们交了朋友。这些人完全超出西方人对中国的想象并否定了西方人对中国人的很多成见。在此就讲讲我认识的几位。

老栗是中国当代艺术评论巨人，看上去很可爱的小老头。他与中华人民共和国同岁，在1990年代让中国艺术家在国际艺坛上非常有面子，大大改变了他们的生活。他自己反而一直都过着简朴的日子，现在写书法，密密麻麻的漂亮小字，接待朋友，继

续帮助和鼓励年轻艺术家和纪录片导演。艺术家们非常爱他、孝顺他，他不是教父，是干爹。

林兆华，即可爱的大导。参加他的戏剧非常愉快。大导的排练是一场创作的过程，其中参加表演、舞美设计、音乐创作、多媒体制作等等的人都可以自由发挥。大导不怕乱，到最后他总是能够拍板收摊儿，把最好的想法都留下来。他很了解西方前卫戏剧，让中国的舞台和文化元素平等加入到了全球戏剧界。大导很随和，管我叫鬼子，我感到很温馨。

金星更属于在中国不可能发生但经常发生的那种事情的活例。在我眼里，她手术前后都没怎么变。手术前，他是个可爱瘦小的男人，举止风趣文雅，老管我叫雷锋。手术后，她是个瘦瘦的女孩，身体貌

似更有弹性，举止仍然风趣文雅，还仍然管我叫雷锋。金星跟 Pina Bausch 学过舞蹈，在当代国际舞蹈界里算极牛的事。不过，她生活、表演和创作的基地还在中国。大概是因为我在国内生活了那么多年，我接触的优秀人物大多数是这一类的。万科创始人王石跟我说过，如果想要影响中国社会，就得在这儿用智慧，对立是没有用的。金星充满智慧。我不知道最近有没有发生什么情况，反正多年以来中国社会对于金星的认可与赞赏，位于世界级的思想开放前列。

跟王小波接触的时间很短，但留下的印象很深刻。那个时候他没什么名气，他的书在港台发表过，内地只有书摊上的盗版。当时我跟奥利沃·巴尔别里和达里娅一起在拍纪录片《北京三部曲》，经过张元导演的介绍采访了小波。当时张元正在拍从王小波小说改编的《东宫西宫》，同时也在拍金星。这些在西方人眼里不可能在中国出现的人物，我反而到处都能碰到。小波个子很高，同时显得很软，似乎他的关节是橡皮的，可以想象把他折叠起来装箱子里带走。小波有理工科背景，他言论精准、到位、不含糊。他的思想比较传统，属于那种健康的传统，不带成见和偏见的传统，能把各种想法听进去并认真思考的传统思维。我们采访完了留下来聊一会儿天，聊了中国文化和建筑、城市面貌等。没想到他把我们聊的内容写成了一篇文章，叫"自然景观和人文景观"，发表在文集《我的精神家园》里。可以说他对现实有科学家的态度，不知道的去了解，不懂的去研究，什么也不排外，他感

性、幽默地去分析。王二离世好多年后,央视跟我要了那次采访的素材。在播出的王小波回顾专题中还放了我把磁带交给央视主持人的镜头。过了一些年,有一次我在北京劳动局办手续,排队很长,我坐着等待。突然一小伙子从柜台后面跑出来找我问:"您是拍过王小波的老安吗?"我惊呆了,他肯定把那个专题片看了好多次才有可能记住我。他是实习生,非常感激我拍了他的偶像。从此,我在劳动局就不用排队了。诚实有才的人,无论离世多少年,还能给后人带来安慰与温暖。另外,因为参加了一次纪念小波的活动认识了作家李静。然后李静介绍我去参加许知远的一次纪念小波的节目。通过许知远认识了单向街的罗丹妮以及铸刻文化的陈凌云和王家胜,通过他们出版了我的第一本影集。这不是人物的功劳还能是什么?

徐星是个非常好的作家,挺会讲故事,文笔简洁到位,但我觉得他受害了。我指的并不是"文革"期间的那些沧桑,那反而是他的一部分精神食粮,我说的是后来的一些社会风俗,或者说劣根性导致的。感谢1980年代初期《人民文学》的一些精英编辑,他很早就出了名。作品很快就被翻译成外语,各种外语。徐星长得又高又帅,可以想象他当年的光辉,同时我也知道这有多么危险。虽然心里充满骄傲,但徐星关心的是弱势群体,自己也喜欢示弱。在中国的80年代,上述的一切让徐星成为了一个巨人。后来他跟90年代深入改革的中国氛围格格不入。不过,在我看来这还不是最大的问题,因为徐星继续关心无人关心的弱者,开始拍纪录片。他拍了陕西的农民艺人,拍了一些"文革"受害者的回忆与最近状况,跟我一起拍了宋庄的贫穷艺

家等等。我一直觉得反潮流是光荣，所以我欣赏徐星，我俩是哥们儿。不过，社会风俗不饶人。有一次在一场纪录片放映之后，他的一个著名作家朋友跟他说："你一级的作家为什么要当三级导演？"多伤人心，多不公平的一句话！后来他可能不想再承受这种压力，他想开了，在福建的一个小镇远离聚光过日子。徐星在国外也有很多朋友和粉丝，一次又一次被邀请去德国、美国住一段时间，在那边还办了画展。他现在画画，水墨。其实古今中外很多作家和导演都爱画画，挺好，但我真希望他能继续写作和拍片子。离开了文坛、影坛一段时间，也许能创造出更好的、更新颖的作品。

[2024 年]

声速

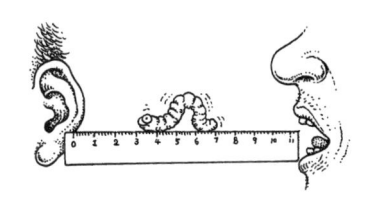

shēngsù

　　我到了中国才第一次真正体会到了光速比声速要快得多。我虽然说比较流利的中文，经常会有人非要用结结巴巴的英语回答我，甚至摇摇手说"对不起，我不懂外语"，然后没过一会儿，人家就会突然感叹："噢，你会讲中文！我以为你不会。"这说明我的声音终于到达了人家的耳朵。真够慢的！

[1998年]

食物
shíwù

  我在另一个词条里也提到了"胃"的重要性。在复旦大学读书期间,留学生可以在外滩著名的和平饭店八楼餐厅享用特价套餐,两菜一汤啥的记不清,定价八块钱。一开始我们不大会点菜,一般跟服务员就说一句"不要豆腐",意思是其他都行,随便上。差不多半年以后已经有一批同学专门点豆腐,都是从麻婆豆腐入门的。必须提醒,当年在意大利没有豆腐,来中国后才发现了这个新食物。那一批点豆腐的同学后来在中国都有一定的事业发展。

  一位意裔加拿大外商来中国出差的时候光吃自己带来的牛肉罐头。跟他说我不信,待一个月哪儿

够吃？他就带我去他的房间，打开了一件巨大的行李箱，里面密密麻麻、满箱易拉罐头，看上去挺像走私现场。还有一个意大利工程师只吃土豆和牛肉，在本国也是这样。当年北京土豆蛮多的，但牛肉不太常见。结果他不止一次空腹睡觉。另一位意大利外商光吃奶酪。北京1980年代基本上买不到像样的奶酪，所以人家从国外偷偷带一些，每天定量食用一点点，勉强维持生命。干吗呢这些人？难怪意中贸易发展缓慢。

另外有一些外国人怕吃中餐会生病、拉肚子啥的。其实当年中国完全不吃生的，拉肚子的概率非常低。也许他们担心中国的食品链，的确会存在一些隐患。

古今中外所有菜系里头一定有臭烘烘的食物：臭豆腐、臭奶酪、榴莲等，但各个臭味互不兼容，自己的臭很香，他人的臭就是很臭。我每次闻到臭豆腐的味道就联想到京剧。是因为我在香港的住所的车库外面有个卖臭豆腐的小摊儿。看车库的老头也坐在外面，手里拿着的小小收音机从早到晚播放京剧。还记得我和他说话说不通，所以我俩用写字的方式来交流。那也是我最后一个练手写繁体字的机会。我还一直想知道他到底能否听懂京剧，但始终没敢问。

在朋友催促的压力下，我也有一次克服了异味的障碍，尝了一口臭豆腐，味道挺不错。这也许是不同文化（即不同臭味）互相靠近的好例子。

[2024 年]

世界公民

shìjiè gōngmín

冯梦波是我第一个要说的世界公民。对梦波来讲，中外不分，都同样是宝贵的资源，艺术资源。他父亲家是回族，爷爷奶奶还算是很正宗的北京回族。对梦波来讲，民族也是很宝贵的艺术资源。在他早期多媒体作品"My Private Album"里包括了爷爷奶奶的一些传承。早在1990年代初梦波已经开始用电脑做艺术，当时国内几乎是唯一的。高科技与低科技、数字与模拟混合是梦波一向的风格。低科技代表人，接地气，高科技代表形而上的部分，一个完美的结合，当代中国的缩影。他最早占据了虚拟空间，其中与他儿子一起玩战斗游戏。后来还请了所有亲朋好友进入一个对打游戏,每一个人都带有自己代表性的物品或服装,让我回忆起费里尼《八部半》的结尾。在好莱坞重新玩起三维电影的同时,梦波与好友卢悦跑到河南,不知从哪儿淘出来了一台国产的三维印刷老机器,然后跑到老上海的自然科学博物馆,以它为主题做了一系列三维印刷品。梦波是地道的玩家,后来开始玩声音,一台架子鼓、一台老示波器、一台老MOOG、各种模拟与数字的键盘、合成器、电吉他,什么都连上电脑,与著名古琴艺术家巫娜一起演出。最近他玩AI也是顺理成章,非常自然。

还有一位世界公民,卢悦。很有意思的一点是越是世界公民越不显洋气。卢悦是上好大学不一定意味着什么的活证据。他博学得吓人,全部自学的:中外历史、艺术、科技、玄学等一切精通。他还具备极强的动手能力,画画、玩电脑、做木工、做动

画等一切都能玩到极致。那他到底是干什么的？人们很在乎给他人定位，似乎以之来框住人家，把你圈在某一种不能越过的界限里，以免你去侵犯别人的小花园。因此卢悦与世道格格不入。当代人还挺在乎给你分级，以什么学历、头衔、奖状来给你定价。这么说，卢悦一分不值，因而无限宝贵。虽然心里知道自己很了不起，但他不屑世俗的认可。无论是跟新裤子彭磊做定格动画、帮冯梦波完成很多艺术作品或帮我制作舞台设计等等，他一直留在幕后，似乎觉得我们视为很厉害的事情都只不过如此。卢悦人高大，大脑袋，戴较厚的近视眼镜，看上去晕了吧唧的。他的中学同学跟我讲过，少年时期有一次跟卢悦骑车出行，后来突然发现卢悦不见了，几个同学往回走找他，果然他不小心骑到沟里去了。他考车本的时候我很担心他会出事，结果他一直开得很稳妥，包括他后来搬家到泰国，靠左行驶都没问题。在一般人看来，卢悦很谦虚，没有野心。我认为不存在谦虚的人，只是表达方式各有不同。其实卢悦不是没有雄心，但他还没发现值得去拼的地方，也看不上大多数人的瞎拼搏。

世界公民是稀有的物种，是未来的物种，唯一具备可持续性的物种。有一次冯梦波坐我的车，路上发生了小剐蹭，当梦波对着另一个车主帮我讲理时，人家立刻就问"你是不是中国人？"我忘了他当时怎么回答，不过，正确的回答应该是："我是——未来的中国人。"

[2024年]

世俗

shìsú

如果有机会读到止庵新作《受命》的话，里面能看到对于 1980 年代北京的服装、饰品、家具、家装、街景等方面很多非常详细精准的描述。止庵像考古学家一样认真，核对了所有来自自身记忆的细节，甚至连一张北京到天津的硬座车票当年到底多少钱，他都要咨询一些同龄人、查好很多资料之后才写在纸上。我对于 80 年代到新世纪的中国也有很多鲜活的记忆，其中一部分是寄托于我的摄影和影像作品，另外还有一些随笔。我作为意大利人有一些独特的感触，比如 80 年代的中国人不喝咖啡和葡萄酒：咖啡太苦，红酒太酸。很多人觉得咖啡的味道像中药。如果心里想的是中药，咖啡的确有中药味。另一方面，80年代的中国人不认意大利汽车，觉得意大利车就是126P，尽管我使劲说126P是波兰产的，人家就不管，意大利就是菲亚特126P。来自生产法拉利、玛莎拉蒂、兰博基尼等豪车的地区的我，难免心酸。在宋怀桂女士帮助皮尔·卡丹进入中国市场之后，它很快就成为中国顶级，甚至唯一的高级服装品牌。在80年代，就外国驰名品牌来讲，中国市场处于先入为主的状态。中国人很少出国，还没有网络，外来的信息不太多，因此只有在国内已出现并扎根的外国品牌才算是众所周知。宋女士与皮尔·卡丹还干了另一件坏事，在北京开了一家马克西姆餐厅，结果不难想象，一下子只有法国菜才算正宗的高级西餐。

我记得80年代初，尼龙丝袜开始火爆。我们意大利来的留学生要找临时工作的话，最容易找到的是给意大利织袜机厂商当翻译。在早期国际纺织机械博览会中，所有人都在念叨：织袜机！织袜机！我1981年在青岛拍的一张照片里有两个少女手拉手，准备背着海景拍艺术照。她俩穿一模一样的花连衣裙、皮质凉鞋和拉到膝盖的肉色尼龙丝袜。她们的发型当时还算讲究，肯定是理发店里烫出来的。七八十年代的中国女人的美属于意大利语叫做"清水与香皂"那种，就是纯真、发光、无化妆、无心眼的样子。为了赶时髦而穿的丝袜无意中添上了一点坏的、性感的滋味。在60年代的意大利和80年代的中国一样流行过的确良（或的确靓）的衣服。原因很简单：便宜、五彩缤纷、不爱起皱，甚至洗完了都不用熨烫，太方便了。随着生活水平的提高，人们开始讲究布料的手感和透气性，的确良显然不合格了。与此同时,中国纺织业的技术水平也大大提高了，棉毛服装各式各样，看上去更漂亮、更健康。

健康环保的意识也改变了人们的感觉和习惯。我小时候意大利的河流污染很严重，有红的、有绿的，还有的表面全是泡沫。不过，谁也不当回事，注意力集中在别的方面，臭烘烘的也无所谓。1995年，我在北京住的房子旁边也有一条臭河，总算让我回忆起童年了。有一个澳大利亚朋友来看我，他受不了，一直捏着鼻子跟我说话。过一些年，一个意大利80后青年来看我，始终在问我怎么能忍受住这样的地方。我才意识到外面的世界变了，也许澳大利亚先走了一步，反正人们的觉悟跟我小时候不一样了。2010年后，连送我回家的北京出租车司机都觉得那不是人住的地方。过了几年那条河被治理了，水很清，再也没人说。

90年代有钱的那部分人正式开始喝红酒，主要是给人看的，仍然不爱喝，所以平时要兑汽水。我们看着起鸡皮疙瘩，上千块钱的进口红酒兑五分雪碧，岂有此理啊！饮食、穿戴习惯的转变需要时间，更需要一个过程，而过程中会有转折点。红酒的最后转折点在2010年左右，那个时候已有不少大款拥有庞大、价值上百万的红酒窖。我最近还认识了几位本地的品酒师，对全球各地葡萄酒的情况了解得很详细。咖啡最近也成了家常便饭。咖啡在国内市场的成长过程主要是靠场所。人家去咖啡馆本来是为了约朋友、上网、工作、开会或读书，喝什么不重要。不过，老闻着咖啡香味，久而久之，先小心翼翼地加奶加糖啥都加，慢慢就开始欣赏咖啡本身的原味。新世纪的中国年轻人吃意面和披萨，穿意大利名牌服装，都知道法拉利，反而已经不知道126P是谁。

尤其在八九十年代，西欧和中国之间在工业化、全球化等方面的时差，使我经常扮演未来来客的角色。我知道很多现象随着经济发展就会改变，但本地人未必能想象到。80年代会开车的都是职业司机，驾照有效期只到60岁，即退休年龄。我现在60多岁，我的中国驾照长期有效。90年代小汽车开了10年就得报废，现在15年后多验车还能跑。我觉得70年房产权也会如此。2060—2070年间会有几亿业主的产权差不多同时到期，如果说不延期，现实吗？中国最近三十年经常面临旧规则已不适用而新规则还未建立的挑战，迅速的一个接一个的，产生了一些混乱，留下了很多缝隙和漏洞，但慢慢规范起来了。

一个国家在某个时期处于落后地位，是有利有弊的。有利的是在科技、时装、艺术、生活等方面能够采用很多外来的、现成的套餐。有时还能跳过发达国家曾经历过的一些漫长的发展阶段，比如有些中国人是从没有电话直接跳到手机了，没经历过家庭固话阶段。无线通讯的巨大投资也使得中国一下子成了全球最先进的。智能手机之前中国也没有像西方那么多笔记本电脑。另一方面,没有必要费脑筋来创造什么,只要有钱什么都能买进来,这是弊处。其实在国外也如此。如果说家用电器,50年代是美国产的,60年代是德国产的,70年代是意大利产的,80年代是日本的,90年代是韩国的,之后几乎全是中国产的。小汽车也差不多。这倒不重要,一直保持最佳的性价比就行。在文化、时尚方面,考虑到中西文化差异,以前引进到大陆的经常是通过港台再处理后的二手套餐。90年代港片大热时期,内地青年打扮都学香港。

还有一个问题,中国人喜欢跟风,大小范围都这样。二级城市规划学北上广,三级的学二级的。人的打扮也是如此。90年代有段时间流行松糕鞋,鞋底高得不得了,少女们都穿,一直到发现容易受伤甚至影响发育,才注意到了不是一般的丑。还有一段时间流行超短裙配过膝皮靴,在国外那是典型的婊子形象,不过,细看人家的脸和表情,居然是贤妻良母,只不过跟风而已。男同志的打扮变化不多,大体上一直到世纪末都相当稳定。我只记得90年代戴墨镜的多起来了,昼夜都戴,不摘商标,而且商标越大越好,基本上成瞎子了。还有西装上衣袖子边的大商标也不撕掉,意思是甭管布料和款式,是品牌就行。1997年春节我在武汉,男女老少都穿毛领皮夹克。夹克大多数是黑色的,毛领则染了各种颜色。节日里路上密密麻麻的一片毛领子逛街,看上去稍有点滑稽。可惜那时候还没有无人机拍摄。在网络时代,跟风的问题更加严重了,有几亿人(尤其女孩子)无论是通过后期特效还是实际整容,结果都长得一模一样,而且相当诡异难看:尖尖的下巴、高鼻梁、大圆眼、苍白的肤色等等,够让你做噩梦。八九十年代有很多人去做双眼皮,到处都可

以做，做不好也会感染发炎。反正还是个比较简单的手术，无法跟现在的整容比。后者搞不好面目全非。总而言之，东方人的脸和身材与洋人不同，如果盲目使用同一个套餐，恐怕会消化不良或引起误会。最好是研究并创造出来最适合自己的衣食住行的套路。

啥玩意儿？由于历史原因，中国文化系统曾经似乎被卸载了，后来陆续重装起来了。大众审美一时迷失方向了，只好从通俗文化做起：综艺节目，盖传统琉璃瓦屋顶的高楼。艺术家就面临了脱俗的问题。不过，这个"俗"字究竟是庸俗还是风俗的俗？如果主流文化没什么文化怎么办？90年代就出现了玩世写实主义、政治波普以及艳俗等艺术潮流。艺术家用幽默、讥讽的方式反映了当时的大环境。90年代的中国是巨大的工地，不直接参与国家建设的文艺青年无所事事，待在家里玩电脑，慢慢吸收外来的文化碎片。刘小东画他们，还画民工、小老板和夜店的女孩子。新裤子拍自己演武打片、坐飞船、挖出地下大龙、演恐怖片、跳迪斯科，然后用摇滚的音乐风格把所有这些元素搅和成一锅粥，很土很自嘲很真实，是时代的鲜活缩影。西方六七十年代也有过类似的创作过程：波普艺术、杰夫·昆等等。

说一下身份的问题。我住在中国的四十年里，大家的身份随着社会前进而经常改变。以称呼来分析，80年代初期，除了有明确官衔或职位的以外，所有人都叫同志。后来经济快速发展，民营企业多起来了，受香港影响就开始出现一些"老板"，还逐渐恢复用先生、女士、师傅等老尊称。消费水平也提高了，开了不少高级餐馆，叫女服务员喊"小姐"。后来夜店也多起来了，餐馆里喊小姐不太合适了，所以把女服务员改称"美女"。反讽的是，那时候大美女早已离开餐饮业了。啊呀，现在大声叫"你好！"就行了。90年代后期有点权力或财力的人都叫老总，很方便，无论具体身份，都叫张总李总。新世纪以来更多的人没有单位了，像我一样成为自由职业者什么的，所以出现了很多老师。这就不多说了，可以参考相关词条。

作为常住中国的外籍人，身份比较复杂。70年代常住中国的外国人只有外交官及寥寥无几的外国记者和老师。80年代来了一些外企代表和职工，很少，90年代多起来了，2000年后就特别多，来华自由旅行也很正常。80年代初还有很多城市和地区不对外开放，后来陆陆续续开起来了，到了90年代后期，除了西藏之外，基本上哪儿都能去。不过，住宿还是分对外和内宾两类，一直到现在。边境管理局的官员曾经跟我说过，中国不是移民国家，外国人不得随便混进来。即使进来了、常住了，其身份仍然有些模糊不清。我2014年拿到了外国人永久居留身份证。我是摄影方面的自由职业者，中国本来不允许外国人在国内自由从业，必须归属驻华外企、外资企业或者对外的中国单位。我拿到了身份证之后，马上跑去税务局问能不能开个体户，拿到活儿就可以自己开发票。人家说不行，必须成立中外合资企业，而且注册资本不能低于五十万美元。这样的个体户太奢侈了吧！近几年流行实名制，我身份证的位数与国民二代身份证不一样，因此有时候连买一张戏剧票都很费劲，更不用说注册各地健康码之类的事情。其实我常年乐意接受了这种不确定的身份，像薛定谔的猫一样，既在又不在，既白又黑，没占便宜但确实有更大的选择余地。

就我们外国人的称呼来讲,从外国人、外国友人,经过外宾和外商,直到现在最普及的老外。以前林兆华老管我叫"鬼子"。我喜欢,感觉比老外亲切很多。最近一个朋友向我暴露,曾经有人把我们这些在中国待了大半辈子、整天混中国人圈子的外国人叫做"中国人自己的外国人"。简而言之:非常老外。

[2022 年]

视觉
shìjué

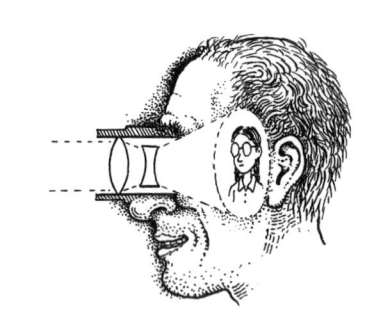

我们太相信视觉。其实视觉跟智商、体力等一样有限制、缺陷和惯性。比如看人,中国人看外国人觉得都长得差不多,外国人看中国人亦是如此。我刚到中国的时候,女孩子还穿着肥大的裤子,蓝色的或绿色的,宽松无形的白衬衣,不化妆,经常梳辫子,大多数戴眼镜。初步感觉是太瘦、太小、太没形儿。我大脑和眼睛互相配合把这些新实物研究了一段时间之后,各种细节逐渐显露出来了,有形有色,突然感受到了无敌的魅力。回到欧洲之后,已被重置的眼睛暂时只能识别一堆又胖又粗的女人,太大太壮,的确没女人味儿。就这样几个来回,眼睛也锻炼出来了。视觉跟人一样有粗的有细的,跟智商一样有认知有不认知的,跟相机一样有专业的有傻瓜的。

[1992 年]

水
shuǐ

    我在意大利的时候从来没把水当回事，渴了喝点罢了，到处都是。第一次来到中国，1981年夏天，炎热的古都南京，马上就体会到了水的困惑。刚到南大就被警告自来水是不能喝的，矿泉水也买不到，只能把水烧开了再喝。其实后来发现了每栋楼有个凉开水罐，能帮我们补上整天出汗所流掉的大量水分。虽然味道很不好，还能凑合。我们最爱喝的是路边卖的酸梅汤，每天几十杯。有一次进了中山路的一家算比较高级的仿古家具店，只想看一看，不可能买东西。如果在意大利的话，毫无诚意进人家商店就会感到很失礼。所以我们鬼鬼祟祟在里面转了一下，老板出来的时候我都有点害怕。没想到人家并不在乎卖东西（肯定是国营商店，后来知道了，当时都是），反而客客气气地让我们坐下，说是第一次有外国人进来。他爱人迅速端来了一盘漂亮的带盖儿的瓷茶杯（之前我从没见过）。当时我们从早到晚都渴死了，所以就不客气了，想马上把它喝掉。没想到里面装的不是茶水而是热腾腾的白开水。我喝了一口就想吐了，从来没喝过白热水，何况是在这么热的夏天。我的胃开始抽筋，只好撒谎说我不渴了。后来才注意到几乎所有中国人身上都带着水，像汽车的油箱一样，必不可少。当时主要是花花绿绿的保温瓶，后来开始出现不锈钢的，本色的，小一些。1990年代，华西村的每一位村民都有一个。到90年代末，出租车司机开始用速溶咖啡的大玻璃罐装茶水。到了新世纪大家都改用塑料瓶。我还是从来不带，我不渴就不会喝水，对干潮也不那么敏感，带瓶瓶罐罐影响动作，而我是要拍照的，再加上觉得整天喝那些不伦不类的水未必是好事。

去西藏的时候我又吃惊了，那么天然的环境里还是不能随便喝水，仍然必须随身带着那些讨厌的塑料容器。我终于意识到了基础设施的重要性，在意大利一直觉得是自然而然的，现在知道了是一代一代的技术、劳动和远见所创造出来的。

[2002年]

素质
sùzhì

怎样提高国民素质一。上周出差住四星级酒店。房间里照常配备宽荧幕液晶电视机。为了对得起其昂贵价钱,酒店把它设置为全屏显示。可惜国内播出的节目不是宽荧幕,结果里面的人都变得矮胖、美女腿短腰粗,足球联赛直播像侏儒比赛,简直是哈哈镜,看得很难受。我拿遥控器准备调试,不灵,被锁定了,果然不让"孩子们"玩。找前台。一小时后来了个服务员,他先说无法调,我告诉他怎么调,他说经理不让调,我说让经理来找我,他说从来没有人要调,我说我就是看得难受,他说中国人就这么看电视。心里想到了那些可怜的家长,花很多钱让孩子上绘画课、艺术课，下课回家就看那台同样是好多钱买来的哈哈镜。晕菜！

怎样提高国民素质二。国家说国民必须提高英语水平，各等学校也严格要求。但外语是怎么学来的呢？接触、阅读、交流。在书籍和刊物上所有外语名字都被认真地翻成一大串莫名其妙的汉字。一旦跟外国人接触，本来最熟悉的名字会变得非常陌生。学习外语还用特别的方式，即在许多无聊的错误的语句中挑出哪一个是正确的。晕菜！

怎样提高国民素质三。最近天空拥堵，飞机老晚点，因此我第一次接触到了高铁的一些新站楼。有几个共同点：巨大，贼高，特空。第一感觉是为了满足虚荣心，让人感到敬畏。自然联想到了欧洲的教堂，不过，想象力不太丰富，只善于复制，只比高大。等车的时候你甭想受艺术熏陶，周围全是大灰墙、高灰顶、麦当劳和肯德基。晕菜！

怎样提高国民素质四。唱红歌我都能接受，但最近二十多年在全国所有的公共场所，比方说飞机场、商场、火车站、宾馆、单位、工厂、学校，甚至手机和座机里面一直不停地在播放克莱德曼和肯尼·基的低俗垃圾音乐，简直无法忍受。你让孩子们上多少音乐课，都抵消不了这么大的听觉污染。晕菜！

[2007年]

后记（检讨篇）

高铁站楼千篇一律的确是个问题，但说实话，中国的高铁太好、太方便、太靠谱、太自由！五六小时以内的旅途，我肯定选坐高铁。在不耽误时间的同时还能看风景，随便带行李、打火机、水果刀和各种工具，在车内走来走去舒展一下，上网，打电话，停站时还能出去抽几口烟。唯一可惜的是从美学的角度看还真不如绿皮车。在工业设计方面，合理与美丽很难并存。

[2024年]

外语
wàiyǔ

中国人跟我对话时不愿意与我对视,在周围拼命地找中国人脸(哪怕是过路的或围观的),然后面向着他(她)跟我说话。这是我平时选择打电话或上微博的原因之一。好多年前我有一次在山东的某条国道上停车买水果。果摊老板娘开朗随和,一边嘻嘻哈哈地不断重复"我听不懂你们的话,对不起,我不会外语",一边跟我交流这笔买卖。我说:"橙子怎么卖?""一块五。啊呀,听不懂,咋办呢?"我说:"太贵了,而且看上去干巴巴的。""不会的,给你切开一个尝尝。""不用,买苹果吧。""好,八毛钱。我真不会英语,没学过,哈哈哈。"最后是个围观的忍不住喊了一声:"丫交流了半天,还老说啥听不懂说不通呢?"老板娘恍然大悟地爆笑起来了:"哈哈,你说的也是,啊呀妈呀,我会外语了!!"

[1992 年]

违章
wéizhāng

我在中国第一次违章是在南京，1981年6月份。我刚到南大两天，借了辆自行车带上一个哥们一起去玩。刚骑出校门就来个交警拦住我们，说自行车不能带人。我傻呵呵地微笑了，说对不起。看来交规不把对不起当作处理方式，因此交警让我们推着自行车跟他去派出所。估计当时没什么外事标准，违章处理不看人。警察照常让我写个检讨，但他也没想到变成了一节汉语课。差不多花了一小时，把一页难看的汉字写出来了，没罚钱也没耽误事，本来就是来南京学汉语嘛，就算免费上了一节课。

1980年代末我开始自驾汽车到处跑。我是北汽

"第一汽车租赁公司"的第一个外籍客户。当时没有违章摄像头,有一次我以140公里的时速开过了限速40公里的路段,感觉很牛,很洒脱,逍遥法外。那个时候只怕站在路上的警察。有一次在石家庄刚过了一个红绿灯路口,在后视镜里看到了站在指挥台上的交警正指着我,但我没觉得犯了什么错,所以还继续往前开。开了一公里左右就停下来加油。正在交钱的时候,我看到那个交警搭了个顺风车过来了。人家穿白色制服,戴深黑色的贴标签的墨镜,迈步走到我面前:"为什么跑了?"我说很抱歉不知道您要我停车。交警没二话上了我的车,让我开回红绿灯那儿去,然后让我在路边停车。他仍然不说话,下车回到了路中台上继

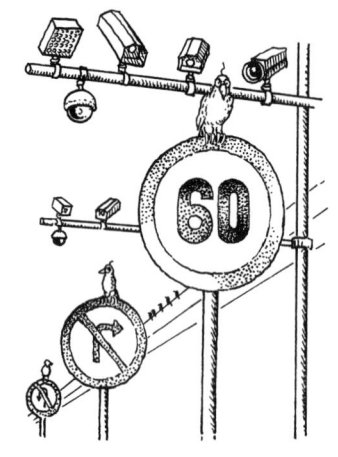

续指挥交通。打了五分多钟的夸张手势之后，下了台又走过来了。他站在了车旁向我敬礼，然后很严肃地告诉我："过十字路口要减速，知道吗？下次注意！你走吧。"从此我知道了中国人的仪式感很强。

中国 90 年代初的汽车文化有点像意大利 50 年代的。私家车很少，汽车代表身份，社会上受重视，车主可以肆意妄为。有一次两个意大利朋友来看我，一起开车出去旅行。在后来叫做京广高速，再后来叫做京港高速的京石高速路上行驶时，我以 190 公里的时速超了一辆警车。意大利朋友尖叫了，喊我疯了，似乎要躲到座位下面。如果在意大利的话，警察一定会追上，要么罚巨款要么把你拘留。我就安慰他们说这边的警察不管闲事，放心好了。回意大利以后我发现所有人都知道这个故事，那俩朋友真受刺激了，到处讲。

新世纪到来了，国家安装了很多摄像头并设立了驾照扣分制。刚开始的时候，估计由于一些技术原因（办不了牡丹卡等等），我们黑牌老外免处理免扣分。大概两年之后，我们也终于享受到了国民待遇，但那时候还没有手机和网络媒体，所以我有段时间根本不知道此事。知道了以后，我已被扣了100多分，只好去学习。第二次考试通过，恢复了我宝贵的驾照。不过，原来的技术问题还是没解决，我还是办不了牡丹卡，所以要先排队处理违章，然后到银行再排队交罚款。那时候算我学乖了，还没到验车的时候就去处理违章，然后去了银行，发现有100多人在排队（只有工商银行能受理），所以决定改天再去。果然给忘了，到了验车时才想起来，结果罚金加上滞纳金已一万多块钱。带着我被优待的老习惯，到市交管局说理去了，说我提前处理违章吃那么大的亏，冤不冤枉？可惜时变境迁，违章处理数字化了，电脑才不管我提前不提前，交警同情也无法干涉。因此除了摄像头之外我有了个新的对手：电脑。

如今，电脑还在，摄像头越装越多，限速定得越来越乱。上高速路一会儿120，一会儿100，一会儿80，甚至一会儿40或20公里，无法跟上。还有最亲爱的路段限速：因为它，我不止一次在半夜、毫无一车的高速路上停在了路肩等待降速。八九十年代的车主大爷如今变成了孙子，太扫兴、太没劲，不想开了，不想开车了。当然，现在有手机GPS导航，但这是另外一个词条。

[2019年]

维持
wéichí

我在目击着又一次的大变化，尤其是经济、商业体系的变化。比如过去的三十年，中国仍然是最好的观景台。刚兴旺了二十来年的大超市正在没落，小店却早已被超市所取缔，电子商业已逐步覆盖了所有领域。正好，经过了风风雨雨的中国社会，貌似没太多舍不得的。像欧洲的那种生活氛围，连在记忆里都不存在。因此中国人的应变能力是最强的，没有怀旧，也来不及怀念。当然这些变化是全球性的，但发生的速度大不一样。我觉得欧洲正处于某种"维持"的阶段，不能拒绝改变，但用各种障碍和阻力来把它放慢。"维持"这个状态犹如抗战，特

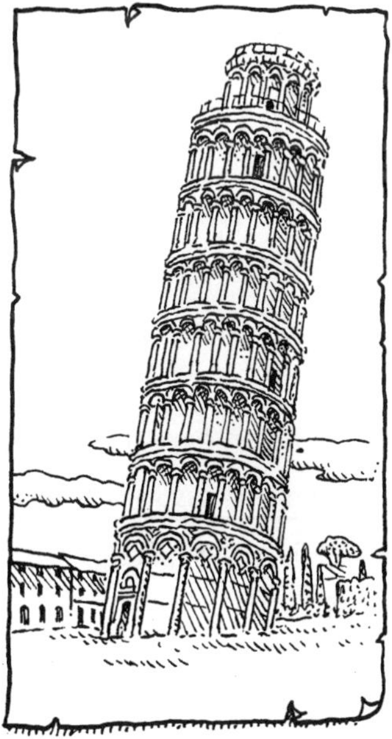

别磨人，不再指望任何前进，唯恐退步。欧洲的大部分地区成功地保持了充满记忆和历史层次的生活环境，至少在下意识里谁也不愿意放弃它。中国没那么多累赘，当代中国文化是最"非物质"的，所以装个小背包就可以搬家了。欧洲人稀罕自己的小街道、老店铺、没有台阶则标注很多路径的山区、街上排满餐桌和成千上万有个性的小古城。但这种"维持"心态不仅是有点沮丧，本身是个高成本低效益的模式。也许在我们的未来这样的情怀是没有地位的。当今最强大的国家，美国，也是装个背包就可以搬家的那种。在悠久文明与当今"非物质"文化的博弈中，中国会走上哪条路呢？这是全人类应当关心的问题。

[2023 年]

文学

wénxué

读文学相当于体验各种活法,在虚拟中扮演各种角色。少年时期,因为充满活力、生活还没有明确方向,所以呢,受文学影响而想接触各种各样的人,想亲自体验各种各样的活法。最初,十二三岁时,我和我的哥们诚实在读美国垮掉一代的作品,还读亨利·米勒以及一些法国作家,如塞利纳、热内等。我们还特别喜欢鲍勃·迪伦的歌曲,这也算文学类的熏陶,如今光明正大的。无论如何,我俩决定要逃家。整个经过比较复杂。诚实的爸爸早已跟他妈离婚,一个人生活在田野中一个孤立的大农宅里。家里有一辆"二战"末期游击队员留下来的摩托车，175cc，两座那种。尽管三十多年没动过，居然还能点着。不负责任的爸爸让我们把它骑走。

我俩的计划非常天真，想带着女友到处跑，靠游猎采集过日子。诚实想起了他姨那边有一把气枪，可以用橡胶子弹来打鸟。我们周末去拜访老姨，诚实把气枪偷走了，然后去河边试了一下，把河对岸一座温室的玻璃墙几乎全部击碎了，子弹也用尽了，然后把气枪藏在一棵树下面备用。下一个难题是我没女友。诚实让他女友临时给我介绍一个姐们。那女孩长得一般，不过挺有决心跟我们一起逃家。诚实的女友反而犹犹豫豫。另一个问题是少一辆摩托车，子弹也没了。正在琢磨怎么解决最后两个难题的时候，诚实把摩托车骑到沟里了，胳膊骨折了，警察把车没收了，叫家长一起到派出所训了我们一顿。

逃不了家，只好在本地寻找一些鲁莽生活的滋味。我跟一帮小流氓交了朋友，觉得他们挺有个性，

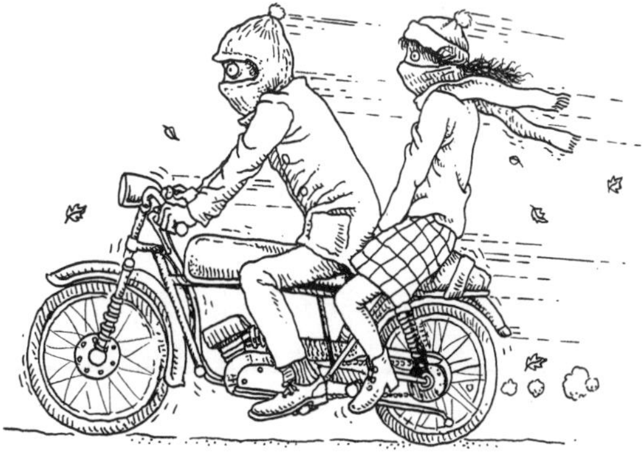

比我的同学敢作敢为，生活充满悬念。另外，也许因为没有受学问和严格家教的干扰，他们还保留一种原始的淳朴，不爱矫揉造作。

  Piero 给了我几张偷来的支票，让我去买点东西换来现金。我坐火车去了附近没人认识我的另一个小城市，在一家手表店选了一枚手表。一旦拿出支票，店主马上就怀疑有问题。也许是因为我太紧张，他看我那么小拿着金额较大的支票，说要给银行打电话核实一下，我就说算了不要了，急急忙忙走出店外。一阵惊吓过后，我还是不甘心空手回去，所以琢磨了半天怎么找一个我比较熟悉的产品，让店主少怀疑我。最后买了我非常熟悉的鱼竿和渔具，貌似我流利说出来的专用词让店主比较放心。在回家的车上忍不住跟坐对面的一位女乘客炫耀我的事迹。那女子居然很感兴趣，积极地追问详情。为了不留证据，我把全部渔具都送给了她。我得到的现金大部分交给了 Piero，剩下的只够我吃个披萨加饮料。两年后 Piero 被捕了，为了减轻自己的罪把我出卖了，我差点坐牢。

早点融入有文学性生活的渴望仍然很强烈，而且在我的那个小城镇里肯定得不到满足。寒冷的 1 月份的某一天早晨，我、诚实与另外一个同学没去上学，到附近城市去喝啤酒。喝得差不多，仨人决定出发到巴黎去，开辟我们的新生活。当时我们只体会了虚拟的、文学中的巴黎，因此觉得真正的巴黎非常非常远。我们的空间感、距离感都是步行和骑行的，完全没有现在飞行的距离感。我们准备走到另一个世界，充满文学滋味的世界。

那天兜里只有几千里拉，差不多相当于现在的五十块钱人民币。诚实还给他妈寄了一封信，邮票花了三百多里拉。我们在路边搭顺风车，不过，绝大多数车辆不会停下来拉三个不明不白的小伙子。

陆续换了四五辆车，其中两位司机还问我们是否逃家，仿佛是写在我们脸上的。到了下午只走了三十多公里，买了一点小零食把钱花了一多半。冬日下午四点钟天快要黑了，我们看到了几个人正在从一辆大卡车卸货。走过去问需不需要帮忙打工，人家不客气把我们轰走了。面临过夜的问题，我们先去了一个小火车站，但看到有警察就迅速离开了。最后，三个人挤在一个公共电话亭里头，靠牛棚效应取暖。电话亭最底下有个较大的缝隙，寒风嗖嗖地吹进来。冬天夜里路上空无一人，电话亭正在国道上，所以偶尔能看到有车路过，包括警车。电话亭头部有一个灯照着我们，但幸亏没有人停下来问个所以然。天还没完全亮的时候看到了一个人从家里出来，把钥匙放在门口一个小毯子底下就走了。一时我们仨不谋而合想到去拿钥匙进去好好睡个觉。后来怕把事情闹大，就放弃了。

花了最后一点钱买了一块面包当早餐,然后重新上路搭顺风车了。半天没有车停下,诚实开始动摇,说要回家了。另一个同学说都行。巴黎还在千里之遥,我自己虽然想去,但俩伙伴的心情让我觉得没多大希望。我们就上了回家的火车。由于没钱买票,一路都躲在厕所里。我回去后发现我们仨的家长都在我家开会,听到我们回来了立即散会各奔自己家去。我舅舅,作为家里唯一男人,义务性打了我个耳光。同学的爸爸(一名武警)用腰带狠打了他一顿。诚实基本没事,但三个月以后他母亲终于收到了那封信(意大利邮政效率较低),信里都是抱怨,诚实基本上把逃家的事赖他妈身上,结果挨了一顿晚揍。

我后来选择旁观人生,开始认真地从事摄影。

当时我还根本不知道中国在什么地方。

[2022 年]

问路

wènlù

许多年前,在威尼斯的公交船上有一个人带着很重的美国口音用意大利语向我问路。我当时已学过些英语,而且正好知道他要去的地方在哪儿。当我骄傲地开始用英语回答时,人家竟然跟我发火了,骂我不礼貌,说他无法理解,就走开了,对我指路毫无兴趣。他原来是想练意大利语的,而我没给他机会。后来我越想此事越生气,干吗拿我演戏呢?总结一下,人的初心经常与其表面行为截然不同。

[1990 年]

最近我在反思,难道我也跟那个人一样吗?一模一样。中国人一定会跟我说英语,但我以前特别不耐烦。不仅仅因为我学过汉语,更重要的是讨厌人家把我当美国人啥的。后来有人提醒我,遇到外国人我不也是说英语吗？英语是当代的国际语,用它很正常嘛！的确是,人家没有错,是我不讲理。当时跟那位美国人也是我不对,一个美国人想学外语本身也很难得,应该配合他、鼓励他。

反正有一点我至今还是受不了。就是中国的空姐在乘客下飞机时特别认真地按人脸分别说"再见"或者"Good bye"。太讨厌,有必要吗？其他国家的空姐并非如此,用自己国家的语言罢了,难道有谁听不懂"再见"吗？我不会生空姐空哥的气,我知道背后肯定有个穿得邋遢、矮个儿、大肚子的中年人以巩固民族归属感并显得国际化一点的双重理由严格培训了她们。我恨的是他。歇一会儿不行吗！

[2022年]

习惯
xíguàn

　　我最讨厌的词汇之一。对我来讲它是放弃、服从、妥协、让步、丢弃尊严的同义词。自从我来到中国，这个词总是噩梦般地追着我。"你生活习惯了吗？""你吃得惯吗？"这些问题是三十年以来几乎天天有人问我的。我每次想办法躲开、转移："中国菜好吃，我到中国的第一天就'喜欢'了。""你说我习惯什么生活？现在的？三十年前的？北京的？农村的？""我不习惯的大概你们也不会习惯。"若碰到岁数大一点的我会反问："您对北京现在的生活习惯了吗？"人家一般都会说"不习惯"。中国人似乎拼命抓着"习惯"的概念来维持生命，其实中国现代历史就是"习惯"的天敌,谁让你保持你的习惯?把文化、风俗、职业、待人接物和居住的方式等"习惯"一阵一阵地否定了、推翻了,弄得天翻地覆。可怜的您,还问我习不习惯。

另外,"习惯"又是创新的敌词,甚至于是动脑子的敌词。我这一辈子一直在跟各种各样的习惯搏斗。我适应能力很强,不过"适应"对我来讲就是取长弃短、创造和改变。我已经差不多成了个无国籍、无信仰、无习惯的快乐物种。

[2012年]

相机
xiàngjī

在上海学习的第一年,我用一台尼康 FM 相机,拍 135 黑白照片。暑假后回复旦的时候,就进入了奖学金的最后一年。我想,机会难得,应该转用大底片相机,再拍一批更清晰、更漂亮的照片。趁一个意大利同学经过香港来看我的机会,委托她在香港给我买一台 120、6×7、尼康固定标镜的 Plaubel Makina 相机。为了实现这次突破,我用尽了我全部的储蓄,不过,我知道不会后悔的。在杭州跟同学见面,拿到了新宝贝,马上就去拍了很多西湖等地的照片。每次按下快门,我感觉机身里面的那巨大底片记录到了无数的、超清晰的细节,比肉眼看到的更漂亮百倍的画面。虽然现实并非如此,我感觉特爽。

因为用光了储蓄,只好把新宝贝放在了原来的破包里面。此皮包坏到什么程度呢?上面的拉链已坏,等于说宝贝露天了,雨水都防不了,而且上海的毛毛细雨是家常便饭,宝贝好委屈呀!

回到上海之后,有一天我背着这个老蚌生珠的东西去了上海的大世界,也就是延安路的青年宫。在那里有很多少年玩比较原始的游戏机,而且一直有特别多人围观。我也挤进去,想看清楚人家怎么玩。好不容易再挤出来时,突然觉得我的背包轻了很多,一边出冷汗一边把手伸进去……空了!

我曾经说过1980年代初外国人在中国很受宠,

以稀为贵，简直称得上宝贝。所以宝贝的宝贝应该是天大的宝贝，谁敢轻易地偷走？我要是在国外的话，只好骂自己傻逼，怎么会背着开口的包挤到人群中？但在中国不然。我马上理直气壮去找看门的保安，用结结巴巴的汉语，上气不接下气、脸红脖子粗地向他报案，结果把人家吓坏了，他一下子根本不明白眼前的怪物咋回事。而且我前面说过了，我的形象之重、语言之轻使得他脑子里负责听觉的部位暂时被视觉占用了，眼睛直直地发愣，毫无反应。等他缓过神来之后，其他的保安也赶来看看热闹了。我就用半殖民半帝国主义的语气命令他们关闭所有的出口，把每一个人搜身后再放走。如果在国外的话，有两种可能性：第一是让我滚蛋，第二是把我带到派出所去慢慢讲。在1983年的上海不然。人家慢慢地、晕乎乎地站到门口而用非常不专业的方式开始摸一下所有出门的人。那个时候是冬天，大部分游客穿军大衣，保安轻碰一下，里面藏着一挺 AK-47 都摸不着。我着急得快出人命，但完全无能为力。若干年后，想起此事，我还感到很不好意思，不过当时一点都没有这种心情。等到最后一个人离开了青年宫，我才无精打采，不情不愿终于说了声谢谢，然后热泪盈眶骑车回到学校。不过，还没死心。

第二天我去找留学生办公室和老师诉苦，说不能相信在社会主义的中国会发生这种事情。他们尽力安慰我。下午又到城里，去所有的照相馆问有没有见到我的相机。我敢保证，1983 年的上海市里头肯定没几台那样的相机，说不定是唯一一台。我想偷我的小孩儿不可能拿相机去拍外滩，他肯定得想办法把它卖掉，一定会去找照相馆。骑了几十公里，毫无结果，感觉特二。

我想到的最后一招是登报纸。我八国联军的脑子里想,如果广而告之的话,也许上海市的领导会重视,甚至小偷吓坏了会想办法还给我。通过老师的帮助,居然还真登上了《解放日报》。我现在不记得具体写了什么,反正没人找我,相机也没找回来。后来我心里平静了一些,因为我尽力了,不再责怪我自己。另一方面,我感到很欣慰,中国改革开放了,不再为一个小鬼子的一件破事敲鼓打锣。

[2006年]

小偷
xiǎotōu

我当时住在城中村里的乌托邦小区，都是文艺类的家伙，蛮好玩，闲人一群。我对自己的无论是真是假的豪宅、大院子以及周围环境都十分满意和放心，连家大门都不锁。有一天我的朋友刚从国外回来了，好像包里还有一千多美元。第二天早上起来发现放在一楼的摄像机、三脚架、照相机和宝贝包包都没了，美梦一下子被打破了。警察也来了，敷衍了一下，说没多大希望，等通知。随后我把大门锁好了并开始研究各种防盗系统：摄像头、红外线、监视屏、照明灯和报警器，花了不少钱。从此天天晚上花不少时间盯着屏幕，模模糊糊，偶尔不知是狗是猫是鸟报警响，从窗户往外看，什么也没有。后来觉得既然有一个不管是真是假的物业，他们应该负责我们的安全，因而在小区门口保安室里也连上了报警器。有一天，不知道是黄鼠狼还是一股大风，报警又响了。我下楼看看，什么也没有，然后走到院子外面，看到我们的保安（其实他是村里的老农民，穿着短裤及布满小洞和斑点的白背心）骑着自行车过来，手里握着一把塑料玩具剑，太好笑。我客客气气地让他回去。后来那些复杂的监视设备陆续坏掉了，我也没打算去修。

几年之后偶然知道了小偷是村里的一个小小瘦瘦的男子，我曾经还给他拍过照，照片里他手里握着一把大锤子，头发里插着一枝花儿。我知道是他干的时候，人家刚刚出狱了，当然，被偷窃的物品无影无踪，我也没追究。几年后小偷的儿子准备结婚，小偷就明目张胆地找我拍婚礼录像，我答应了。

那是我参加的最凄凉的婚礼,尽管亲朋好友和村领导都出席了,酒菜也齐全,但新郎的面孔始终闷闷不乐,似乎跟胖乎乎的小新娘是头一次见面。我把录像剪辑好了,交给了小偷,没要钱。第二年在村里的另一次婚礼中又碰到了小偷,问他儿子如何,他说儿子死了,被杀了,情况不明。最近我还能看到小偷,他变得更瘦更小,天天在我们小区的各个垃圾桶里淘东西。第一次我还轻声打了个招呼,他看着我眼神发空,毫无反应。我愈发觉得我当年的损失确实微乎其微。

[2024 年]

信仰
xìnyǎng

我小时候和所有同学、朋友一样都信天主教。虽然当年我家乡最大的党是意共，每次大选都能得到百分之六十以上的票，甚至此地被称为意大利的红区，但是所有的孩子免不了接受洗礼并参加教会的各种活动。我们心里相信有上帝，害怕上帝看到并处罚我们的过错，另外还享受教会免费提供的福利：足球场、乒乓球桌等娱乐设施。不过，特别心烦参加千篇一律的弥撒与古板的教义学习班。记得有一次班里老师冒昧地问孩子们大选时家长给谁投票，孩子齐声回答天民党（天主教民主党），只有一个孩子敢说他家人都投共产党，因此受到了老师和同学的批评和排斥。

  我大概 11 岁的时候，有一天，我家附近的一个小广场中间出现了一个大帐篷。我以为是马戏团啥的就过去看一看。居然里面有一帮海外的年轻人在做福音传道。他们穿得很随便，有点嬉皮的样子，弹吉他唱歌，跟大家分享福音中的名言。我被那种气氛所吸引和感染，跟天主教堂里压抑郁闷的气氛截然不同。随后我参与其中，我也去传道，效果还真不错，不止一个调皮捣蛋的小朋友被我说服跪下来、合手、接受耶稣作为自己的大救星。我还参加了他们的一个夏令营，在意大利中部的山上，离我父亲老家特别近。夏令营是美国人办的，每天上一小时的英文课，早饭也是美式的，我外语进步很大。同时我发现了基因和语言之间的关系，没几天我就能说流利的本地话。我爬到一棵树上，即兴演了一场用本地话的脱口秀。

后来在我家附近的城市开了一个基督教堂，也就是一个大房间，每周日做礼拜。我年龄小，没有交通工具，因此他们委托了一位本地老板大款开他的大奔驰每周日早上来接我过去。他也是刚刚信了基督教并接受洗礼了。他们的洗礼跟天主教不一样。天主教的由神父把手泡在圣水池里，然后往接受洗礼者身上洒一点水、说几句话就完事了。基督教的洗礼更彻底，把人全身泡在水中，连头部也得浸一下。我看那位穿着笔挺高级西装的老板泡得像落汤鸡一样，觉得挺好玩。随后的日子里，每周日我就要坐那辆大奔驰车，后面坐着两位来自南方的双胞胎老太太，个子矮矮的，穿着同一款廉价的棕色大衣，从来不说话。汽车的减震非常好，所以有点像坐船，我晕船。老板在车里还喷了一些香水，不知是否怕我们仨有怪味。我对香水很过敏。结果一去一回，我每周日都头疼得要命，唯一的休息日就如此被破坏了。另外，那个教堂里的教徒跟我当初认识的教徒非常不一样。大部分是老人，本地的，我跟他们没话，看上去也有点不舒服。久而久之，大概三四个月之后我就不信了，彻底不信上帝、耶稣啥的，变成了一名无神论者，一直到今天。

十几年前在厦门海滩上碰到了几位本地的教徒，在那儿传道。她们一发现我会说中文就开始跟我没完没了地讲福音。我说我看过，我都知道，我曾经和她们一样，不过现在不信了。她们根本不管，仿佛没听见似的继续津津有味地讲。我突然觉醒到了我当年也那么讨厌，所以觉得很难为情。不是为她们，而是为当年的我自己。

[2023年]

性
xìng

我生在一个大多数人相信救世主是无性交而生出来的国家,有圣逼和天基的国家。因此"穿入了"还是"未穿入"在我们那儿是硬道理。这方面中国的情况也相似,但略有不同。处女身份在中国更多涉及女人的商业价值而不是其自尊心。意大利男人大多数是性强迫症患者,而且女伴必须是打猎获得,不许是买来或者送来的。这问题上文化差异比较大。记得1980年代末跟香港同事去台湾,晚上无聊想去玩,同事就建议去某某会所,说那边有小姐陪舞。我听着很别扭,这对男性算多大的耻辱啊,实在无法接受。当然我们也有性快餐,但花钱陪舞、陪酒之类的绝对没听说过。其实意大利男人在快餐厅里也会非常认真并十分投入，闹得过年时还会收到某某性工作者的贺年卡或拜年电话。就女人一方的感受，再敏感的男人说起来也至少有八成是误读和错觉。

[1994 年]

雪

xuě

　　北京很奇怪，下雪和雪后是开车最畅通的时候。我分析了一下原因。其一，路上车少；其二，出来开车的人都是老司机和车技比较高的人，新手不敢上路；其三，路面结冰的时候，法定限速显得非常合理，大家不知不觉地遵守；其四，因为怕刹不住车，礼让就成为常态。人在困境中会显出自己最好的一面，的确是被逼得没办法。

[2023 年]

摇滚
yáogǔn

崔健是真正的中国摇滚第一人。我最早搞不清他那个独特的唱法是从哪儿来的，一直到我去了陕西拍老腔团，尤其是张新民乐团里的白毛（当时团里唯一不姓张的），我才知道中国有那种元素。1980年代末我住香港的时候也听崔健，一个本地女友听完了觉得受不了，太粗俗，不让我听。当时她听乔治·迈克尔之类的，那还好，一直到我过生日那天她送我了肯尼·基的新唱片，说此人了不起。这回轮到我受不了。反正，如果你能听肯尼·基的话，请你远离崔健吧。

整个90年代，动不动大家就说去听崔健的演出，可惜一次也没听到。他是当时最隐身的明星。等到1999年我才第一次看到了他精彩的现场演出，也不算晚，一点也没过时。崔健一直在国内生活，中国是他创作的源泉。这种艺术家为中国的整体发展做出了不可抹去的贡献。

崔健曾经告诉过我，再过二三十年，世界上大部分人都会从事艺术类的工作。崔健很聪明，说得很对，其实用不着等那么久。工农兵大多数已经失业了，普通白领也越来越少，剩下的就是技术创新和艺术。二者密切相关。

摇滚乐队新裤子彭磊是中国一部分70后、80后青年世界的缩影：既不卷又不躺平，既不中又不洋，不喝酒不吸毒，不贪财不求名利，看上去懒洋洋，其实在不停地作曲、写歌词、画画、做动画、唱歌、弹吉他、拍电影、演电影、拍MV、设计玩具和艺术衍生品、上电视、录音、巡演、谈恋爱、陪孩子、锻炼身体。只不过仿佛他啥也没做似的,看上去一直在那儿发呆,貌似不爱说、不在听,其实能说能听,一副无为而无不为的模样。

[2022 年]

移民
yímín

在北京出入境管理处，正在处理涉及绿卡比较复杂的问题，一名女警察最后很坚决也很无奈地对我说："抱歉，中国不是移民国家。"这一句成了我永久记住的名言。我小时候，意大利也不是移民国家。上世纪40到60年代意大利人纷纷移民，到德国、瑞士、比利时、美国、加拿大、澳大利亚等富有国家去找工作。另外还有很多意大利南方人移民比较发达的北部：都灵、米兰等工业城市。他们就是意大利的农民工。当时在意大利很少能见到外国人。

我二十几岁来到中国，然后居留下来了，在这片土地上度过了大半辈子。那么，我算不算移民？那就是字眼的问题。像我这样的人平时被称为外派人员或者移居国外人士，基本上不用移民这个词。从条件好的地方被派到条件较差的地方的人，一般还能得到很好的补贴。在整个人类历史上，人们是从贫穷地区移民到富有地区，从困难的地方移民到舒适的地方，还有逃离战争或自然灾害的移民。我显然不属于任何上述的人群，我还不是外派的，我属于那种吃饱了撑了没事找事的群体，其中会有探险家、艺术家、科学家、传教士和逃犯。说实话，尽管这并不是我的初心（我真正的初心是拍照片），我在中国很容易就得到了升级，与传统移民普遍降级的情况恰恰相反。我在此正式地、诚恳地、隆重地感谢中国给予我的一切！

去年，也就是2023年夏天，是我好多年后第一次回到意大利定居了一段时间。最明显的感受是人口组成的变化，意大利终于成了移民国家。我是8月份抵达米兰的，也许是暑假的原因，马路上见到的基本上都是外国人。刚进我家公寓大门的时候，我碰到的第一个人是武汉人。家楼下的买卖，大部分是中国人开的：饭馆、洗衣店、美容美甲店、百货店、五金店、手机配件和修理部、咖啡馆等等，百分之九十以上都来自温州地区。不过，马路上行走的外国人大多数不是中国人，有中东的、东欧的、拉美的、菲律宾的和非洲的。意大利本土的一般要么握着拐棍要么坐轮椅，后面一个外国人推着呢。我想到了卡纳莱托的油画：背景为现在的威尼斯，更准确地说是跟现在一模一样的威尼斯，但路上行走的人都穿17世纪的服装，却并不是什么狂欢节大型化妆表演。难道这是意大利的命运？总是人变背景不变，现在的米兰在我眼里也是如此。古罗马帝国好像也有过类似的时期，满街都是外国移民。中国反而是人不变背景大变。有意思。

到中国移居或永久居留（听起来不知犯了什么罪）的外国人，因为中国"不是移民国家"而成了灰色群体。尽管持有跟中国人看上去一模一样的身份证，但位数不一样。后来位数改成一样的，但数字的编法不一样，连车牌号也分中外。以前还有不对外开放的城市和地区，后来逐步没了，但是现在仍然有不对外的旅馆。我理解是人家关心外国人的安全，但难免给人一种不被容纳的感觉。再说，中国与外国比，相当安全！

  我在复旦留学期间，一个日本同学把自己打扮成本地老百姓，然后到处跑。当时可没有什么实名认证，他就成功去到了西藏和新疆。我很羡慕他，我顶多骗到了海南岛。

[2024 年]

音乐
yīnyuè

    我从小就喜欢听音乐。姥爷送过我一台玩具钢琴，我整天在弹，梦想要一个真的。后来知道了我们镇里有一所帕尔马音乐学院的分院，可以报名。录取考试很简单，一帮孩子围着老师，老师在键盘上打几个音符，让每一个学生把旋律唱出来。然后在钢琴的木头上敲个节奏，让孩子们重复一遍。好像大家都差不多。后面有面试，问一下想不想学别的乐器：提琴、长笛、小号等。显然大家都想学钢琴，其他乐器反而有很多空位。我坚定不渝地回答："要么让我学钢琴，要么我回家拜拜了。"我报名的真正初心是因为听说学院的学生可以按非常低的价钱租一台钢琴，但人家大概以为我有蛮大的学习欲望和决心，结果把我录取了。一年的学费是象征性的一千里拉，相当于现在的一百块人民币。一周后我家里出现了一台真钢琴，我激动得不得了。老师警告我们第一个月不得碰键盘，只在木头盖上锻炼手指头的姿势。我回家马上就打开盖儿了，设了一盏台灯照亮键盘就开始瞎弹，一直到晚上很晚。第二天，星期天，我起得特别早接着弹。我在学校上课的时候经常发呆，想着那台在家里等我的真钢琴。后来就面对了学院派学习的枯燥，不给我们学好听的曲子，能拿得出手给朋友和家人听的好曲子，全是技术、锻炼、胳膊手指的姿势、控制速度、别弹错音符！我坚持了四年，然后退学了，真钢琴也还了。问题是他们想培养钢琴家，我只想玩一玩。最大的收获是在打字机和即将来临的电脑时代，我能非常快地打字。最大的代价是至今我手写字难看得不得了。

后来开始学中文的时候,居然发现没有汉语打字机。白学了四年钢琴。

[2022 年]

幽闭恐惧症
yōubì kǒngjù zhèng

飞机、手机、电脑、水泥、监控摄像头、封闭式高速路和高铁逐步促进人类走向幽闭恐惧症。我小时候向往"跑出去"和"背乡"。现在咱们都在世界村里，跑不出去。连喜马拉雅山顶都拥挤得不得了。昨天看了一条新闻说哪儿哪儿招志愿者去火星而目前没有返回地球的可能。我相信会有人去报名。

[2018 年]

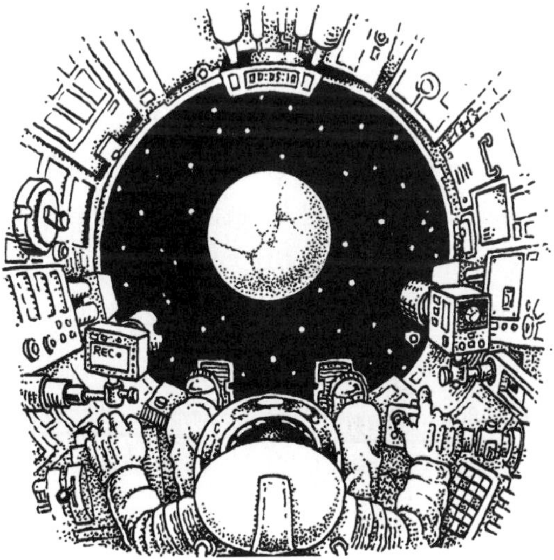
REC

元数据
yuánshùjù

我拍图像时一般不希望有任何附加的信息和说明。同样，为了公平起见，我以前不喜欢带插图的小说。为什么要剥夺读者对人物和场景的个人想象呢？同样，为什么要用文字去影响观众对图像的感想呢？当今数码图像都带好多元数据（Metadata），也就是说"关于数据的数据"，累不累，我一直把它们统统删掉。在模拟时代，我貌似从我脑子里也删掉了大部分元数据，我忘掉地点、人名、所发生的事情和经过等元数据，留下的是一张图片或一段录像。记者就不行，图像是为文本服务的。图像是为了吸引读者看文章，看文章之前必须屏蔽对图像的感受，看完之后才"啊，原来是那么回事情！"这跟我们受的教育有关。2013年的人类生活在图像世界里，却仍然受到纯文本性教育。这倒不奇怪，在发明印刷技术的时代及之后很久，大部分人是文盲。现在也如此。总而言之：一、我推测自己永远不会当记者；二、我可能算是自学的初期扫盲分子。

[2013年]

长辈

zhǎngbèi

到了老年才意识到我对自己的长辈,包括父母、爷姥等等了解得特别少。我多年在拍视频和纪录片,采访了很多人,为什么从来没想过采访最亲的人?记得小时候看过我姥爷在埃塞俄比亚帮墨索里尼打仗的一张照片,他开吉普车的,但没想过让他跟我讲讲。还记得每周六晚上的电视综艺节目里有一个黑人舞女,只要她出现,我姥爷就盯着屏幕发呆,姥姥在旁边发表比较难听的评论。不知背后有多少故事,从来没问过,我太小,不到十岁姥爷就去世了,再也问不到。当年家里只有一个90多岁的老叔天天嘟瑟他怎么在山上打奥地利人,不过讲得重复乏味,

没人爱听。我妈有一次讲过德国空军轰炸我们的小城市时,她一个九岁姑娘骑自行车勇敢地跑到农村去躲难。她的一个同学是在我们家阳台上被打死的。不过,我从没追问过详情。年轻的时候总觉得历史课本上的事情跟自己家毫无关系,果然不爱学。

结识我爸之后,故事就更多了。他"二战"末期参加了游击队,被德国人逮捕并送到德国的集中营,在那边学会了一些德语,后来成功逃跑回家了重新加入游击队。我到现在还不知道他是怎么逃跑的。人早没了,确实太遗憾。说起这些往事,我的一生看来太平淡了,跟后代只好讲一些自己干过的小坏事。

我姥爷 1969 年去世的时候,突然冒出一个人说要免费承包丧事。我们家里谁也不认识他,也没听说过。他把葬礼办得特别豪华,还请来一帮南方的哭灵女,进我们家痛哭大叫,把我吓坏了。第二次见到这样的场景是三十年后在安徽的一个古村里。那个人说要感恩我姥爷。至今还不知道那个人是谁,要感恩的是什么。我姥爷只不过在市政府当司机,一点都不知道他私生活的方方面面。我只晓得他每年去一次温泉,一个人,待一个星期,不知道在温泉具体干什么。听说他在市政府有一个小三,一个扫地的瘸腿女子,但从来没确证过。

[2023 年]

之间
zhījiān

随着《稍息：1981—1984 年的中国》出版后，我准备发表第二本影集，选择的题目是《之间》。这个题目有两种意义，空间上的和时间上的。

空间上的"之间"指的是在大家熟悉的各大都市之间的空间，例如北京与上海之间的路程。对于一个国度的视觉印象往往聚焦于大城市与名胜古迹：北京的 CBD 和故宫、上海的浦东和外滩、万里长城、西安的兵马俑、阳朔的风景等等。不过，绝大多数人的日常生活环境在这些胜地之间，在各个都市的远郊区，在二三线城市、县城和农村。自从 1984 年参加"意大利之旅"摄影大展以来，我一直在关注人们实际的生活环境：无名的区域，以及我所谓的"百姓设计"，即非建筑师设计的建筑物、无名工匠创造的物品、雕塑以及各种城市与室内装饰。因此我在1987到1994年经常开车走国道、省道来寻找中国最接地气的美学、日常的诗意、最亲切却无人关注的形象。

时间上的"之间"指的是大开放与城镇化初期之间的景观。我在1980年代初识的中国景观仍然很传统：平房、四合院、弄堂与寺庙，加上少数苏联式公寓楼及大型公共建筑。21世纪的景观已相当全球化：高楼大厦、高速路、大商场、满地汽车、5A景区等新时代的标准产物。二者"之间"的景观是临时的。为了迎合改革开放带来的新生活需求，利用有限的资源与知识，自由创造了各种新场所（例如咖啡厅、汽车修理部、私营饭馆和小店、自由菜市场、工地和物流、游乐场等），同时也出现了很多

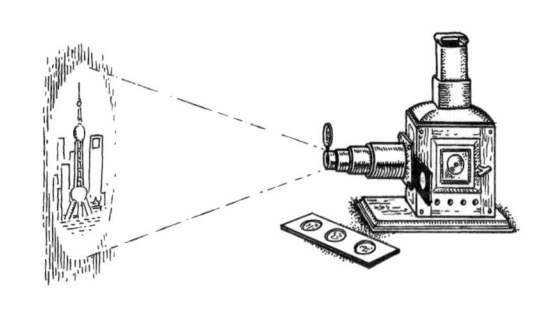

新事物，例如广告牌、大收录机、私家汽车、露天台球桌、西方的文化符号、不中不西的奇怪建筑物等等。上述一切形成了一个尽管临时却新颖繁忙的生活状态。另外，古代的遗迹已不引起民愤并带着伤痕重新出现在人间，还没有商业化，还没有围起来，还没有升级硬化，与田、人和动物和谐共存。

当今，对景观的描绘越来越取代景观本身，"之间"也许是最后真正意义上的新现实主义。

[2024 年]

中国胃
zhōngguó wèi

  总结我四十多年在中国的经验,若要描述中华民族的主要特点,就一个词:中国胃。

[2023 年]

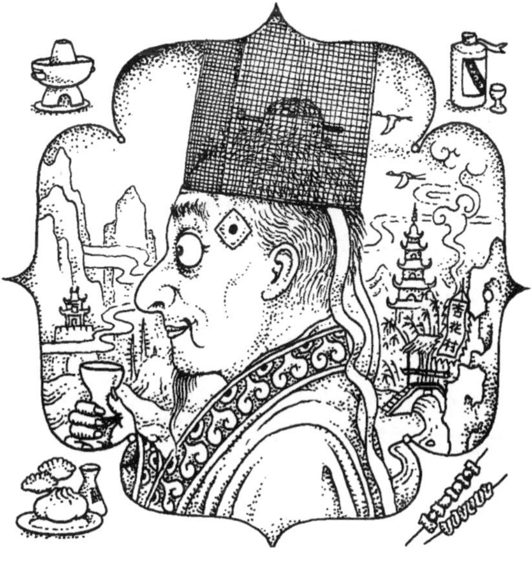
杏花村

中外婚姻
zhōngwài hūnyīn

　　大概是看在对大家公认并肯定的文化差异的尊重上，一下子也不会让你叫爹叫妈叫叔，不过心里面藏着的就是这一套，加上专门给你定做的另外一套新衣，即大家只是暂时容许您借用宝贵的国有财产。本着寸肉不让的硬道理，默默地警告你将要把你所有不符合风俗和国情的不良行为向全国人民好好交代。

[1995 年]

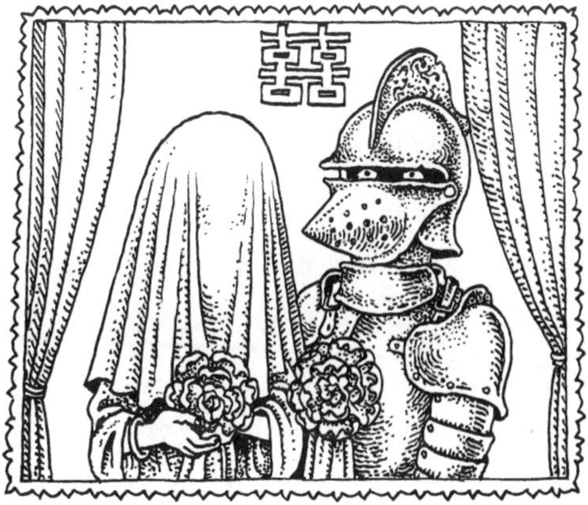
囍

主题
zhǔtí

我 1984 年从上海留学回国后就开始放大一部分在中国拍的照片,给摄影、艺术界的一些人看。他们都没去过中国,几乎没看过来自中国的照片,因而经常会津津有味地感叹图片里的人或东西很独特、很有意思。紧接着,他们一律加上一句:"我们看主题,您不介意吧?"

我当然不介意,但这句话意味着什么?摄影要当上一门艺术的时候,难免有点自卑。自卑的原因就在于主题。我相信从来没有人说过梵高画的向日葵那么伟大是因为阿尔勒的向日葵本身特别美。摄影艺术却经常会遇到这种言论。在艺术里,主题是次要的，重要的是艺术家的处理。貌似摄影的可处理范围比较小，因而摄影家经常被主题绑架了。其实不该如此，一眼就能识别摄影家和普通人拍的照片。为什么？我不知道。与很多涉及我们的感官、智力、记忆等方面的情况一样没有答案。所以呢，我只好未曾剥夺人家看我照片主题的权利。

[1990 年]

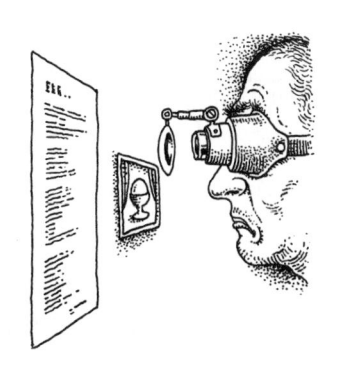

资本主义
zīběn zhǔyì

我曾经两次觉悟到了资本主义是什么个玩意儿。当然讲解资本主义的著作非常多，从马克思到哈耶克很多学者提供了各种各样的解释。不过，还是通过亲身体验留下的印象最深。

第一次是在 1986 年我搬到香港定居的时候，发现那边非常自由，经济非常活跃，物价比较低，税收也低，而且税费到了年底自己去交，不是公司每一个月扣掉的，感觉很不一样。把自己已放在兜里的钱拿出一部分交给政府，觉得非常多，其实并不多，只是你总收入的百分之十五，而且封顶了，无论你挣多少，都是百分之十五。不过，既然嫌多，由此也产生了对政府的要求。这一方面当年的香港做得也不错,有免费医疗,城市建设得很现代、很干净,公共交通很方便等等。我在香港第一次体验了电话里能买电影票,不可思议!总而言之,那是我第一次对资本主义产生了轻微的好感。

第二次是我四十年后第一次回祖国定居。我发现最基本的服务,如水电气、电话等都私有化了,非常混乱,非常不公平。私有化加上 AI 化的结果是没人说理去,活人都在抓狂似的拼命给你打电话推荐各种各样对你"有利"的方案和套餐,说个没完,让你根本抓不住要点,问也白问,活人像机器人一样念他的经,万一你半信半疑似懂非懂一不留神同意了的话,后果自负,有问题你找不到人。后面,所谓的售后,只有机器人与 AI。我回到中国不小心把意大利的手机开了一下,虽然立刻上了无线网,就那一瞬间产生的 2M 流量(相当于一张低清晰度的照片），收了我47欧元，差不多350块人民币。回到意大利也没人说理去。几天之后收到了煤气公司的账单，我三年间的用量在0和3立方米/月之间，那么人家单方面预计了我下个月的用量为62立方米而随之提前收款了。凭什么？统计学也废了？又没人说理去。银行也是不断从我的储蓄账户里扣点小钱，跟老鼠偷偷啃家里食物一样，久而久之，扣了不少，小流氓一个，也没地儿说理去。总而言之，资本主义与AI拉帮结伙是非常可怕的事。我就对资本主义产生了剧烈的反感。

当然我是小人一个，资本主义没毛病，是我有毛病，我傻，我不会保护自己，我不懂世道，一切活该。全世界的傻子团结起来！

[2023年]

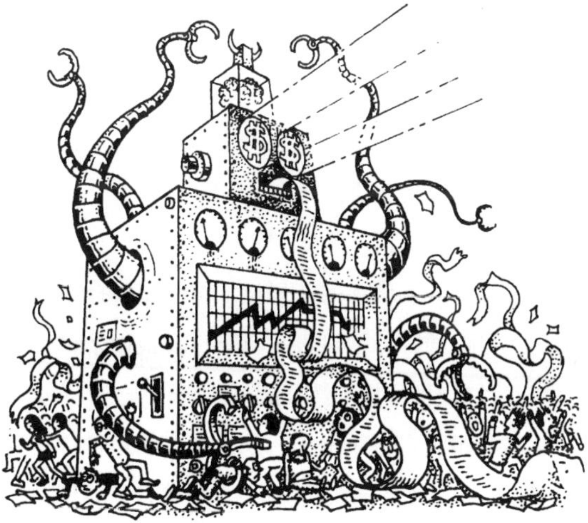

自行车
zìxíngchē

在我小时候,虽然大家对中国的了解很少,但人人都知道中国人骑自行车。

后来中国农民上楼了、市民上车了,自行车的地位大大降低。城市的新司机,仿佛想要抹掉对贫困的记忆似的,特别讨厌自行车。对他们来讲,交通堵塞、交通事故等一切都赖自行车。

我就想为自行车辩护。如果我在满地自行车的道路上开车,我能开得很顺利、很从容,但只要出现一辆汽车就完蛋了,走不通了,还得不断地听到那讨厌的喇叭声。中国的自行车有活力、有灵魂、有目的,汽车却像死猫一样,不会拐弯,不会倒车,贴了黑膜儿啥也看不清,里面的人如同坐着沙发一样交着二郎腿,不停地骂自行车。

[2007 年]

足球

zúqiú

最近在国内看了欧洲杯的直播。直播的时间特别伤害国人的健康,但画面质量和服务选项挺让人满意。现在还能挑选中、粤、英文解说。我就忍不住进行了对比。英文解说可以流利地说出各国队员的名字,谁传球给谁,一个都不漏,让我想起过去的收音机直播。中文解说只在特别有悬念的时候点一下明星,其他时间主要是讨论战术:442、541等等。中文解说最显著的特点是不断在关心球员的岁数、身高、体重、体型、体能、伤情、腿的长短、疲劳程度、是否跑不动……英文解说几乎不提这些。我想,这会不会跟中国足球水平提高不了的原因有关系？最近，在瑞士对西班牙比赛的直播中，中文解说员突然来个："你看，瑞士，那么富有的国家，人家还这么拼！一定是特别喜欢。"我听着无语了。大部分中国家长不让孩子踢足球是因为怕受伤。足球的确是比较粗野的运动，不过，孩子们到了高中，基本上什么体育运动都不让玩，学习第一。果然，中国不可能出现什么少年球星。

我很佩服中国球迷，虽然国内的足球那么烂，自己都不爱看，但津津有味地看外国的。足球也是，如此跟政治、社会动态和大众舆论背道而行！最近，在法国大选中右翼反移民政党大幅上升的同时，所有法国人为自己百分之九十以上有移民背景的国家队球员发

疯叫好。另一个能出现类似规律的东西是金钱、利益。不过,本词条是讲足球的。

[2024 年]

做
zuò

《现代汉语词典》最后一个字,我认可,大家少废话多做事。最后一个词是"做作",那我也认了,请读者原谅我的啰嗦和唠叨。

[2007 年]

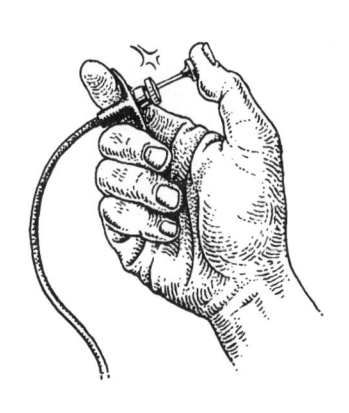

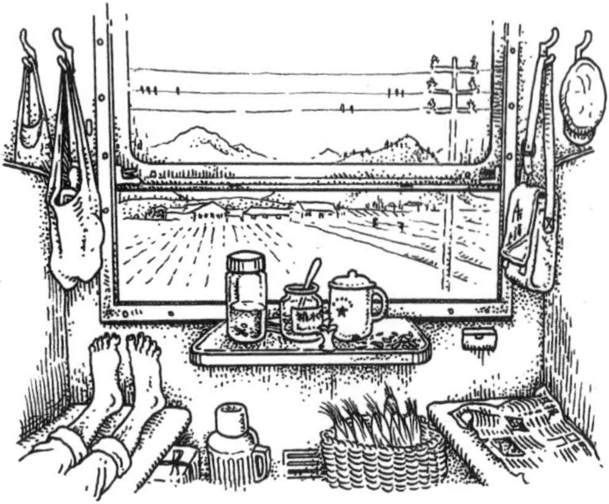

代后记：中国之后是岔路口

老安 撰　　汤荻 译

我从未真正总结过我的在华生涯，即使我一直在总结，零零星星地。

第一次访问中国时，我的心态与之前去西西里、法国的布列塔尼或首次去伦敦的心态是一样的：一心想着拍照。

我坐火车到加来，乘渡轮到多佛，再坐火车到伦敦。应一个意大利南部老相识之邀在一所占屋者公寓凑合一晚后，次日我平生第一次上机场，第一次坐飞机，那是国泰经停巴林至香港的大型飞机。飞机起跑时我看到前座的一位先生正在放松地看报纸，觉得他勇气蛮大，我紧张得要命。飞越喜马拉雅上空时,我去小便,傻呵呵地以为白雪皑皑的山巅上将留下我的痕迹。在香港下舷梯时,我平生第一次感受到了热带的炎热,就像有上百个电吹风在对着你猛吹。随后是高峰时段人山人海的黑发白衫,而我则汗水如注地拽着一只没有轱辘的大箱子。当时的行李箱好像很少有轱辘,我们现在司空见惯的很多东西的确是相对新颖的。后来坐气垫船,这又是个第一次。顺珠江而上至广州,上岸后,一片空旷寂静,与抵港时的感受恰好相反。海关人员身着无人不晓的绿制服,它们不是太肥就是太短,皱巴巴的,有时候领口大敞着,他们的表情缺乏正颜厉色,香港的普通交警都比他们显凶。街上见不到太多晃悠的行人。为什么要上街晃悠?1981年时,中国没什么可干可看的事情,更少可买的商品。不过,我在一个水果摊上首次看到了荔枝,买了一些,问了价钱但没听懂人家说了多少,所以给了一块钱,那女子高高挥着那张一元手舞足蹈了半天,还喊了一些话,我仍然没听懂,怀疑也许给多了。反正荔枝挺好吃。后来向一位老人问我们酒店怎么走,他问在哪一条路上,我说我忘了。接着又是一架飞机,飞上海,最后,在火车站售票处磨破了嘴皮子后,上了往南京的列车。车上有很多军人,问我们从哪儿过来的,我说HONGKONG,他们说香港,就这样糊里糊涂地说了半天才明白是同一个地儿。我又问他们是否八路军,他们说不是。整整七天,我终于抵达了目的地。

除了那些普遍认为我应该感兴趣的事物之外,什么杂七杂八的东西都吸引我的眼球。港穗两地,现在和过去一样,居民都不好管闲事,上海人多管一点,至少以前比现在管,南京人则更爱管了。我想拍照,所以我一直训练有素地保持一种极其低调的姿态,竟至几乎能消匿于人群之中,鉴于我的外表，这似乎很矛盾。同时我培养出一种本事，能为我本人也尚未明白的行为做出解释。话说回来，我怎能扯清楚我无用的初心呢？

青春年少时，生活中令我陶醉的东西中鲜有东方，除非是经由20世纪文学及艺术前卫筛滤的点点滴滴。当时吸引我的是所谓的"直接摄影"（Straight Photography），它后来还发展出了"新地志"（New Topographics）这一摄影艺术潮流。除此之外，吸引我的还有人类学风景、波普艺术、贫穷艺术。我在意大利的直接导师和历险伙伴是奥利沃·巴尔别里，他是我老乡，仅比我年长几岁，通过他，我结识了路易吉·吉里、圭多·圭迪（Guido Guidi）等众多大师。我视为坐标的阿杰特（Eugène Atget）和沃克·埃文斯（Walker Evans）在时空上均距我较远，卡蒂埃-布列松（Henri Cartier-Bresson）和黛安·阿勃斯（Diane Arbus）则相对近一点，尔后便是由弗里德兰德（Lee Friedlander）、戈西奇（John Gossage）、罗伯特·亚当斯（Robert Adams）、温诺格兰德（Garry Winogrand）、埃格尔斯顿（William Eggleston）及约翰·萨考夫斯基（John Szarkowski）所代表的美国新摄影。萨考夫斯基是一位卓越的评论家，任纽约现代艺术博物馆摄影部主任期间，策划了著名的"镜子与窗户"展。我自然是站在窗户一侧。此外是文学：杰克·凯鲁亚克（Jack Kerouac）、威廉·巴勒斯、博尔赫斯（Jorge Luis Borges）、麦克卢汉（Marshall McLuhan）、亨利·米勒（Henry Miller）、格特鲁德·斯泰因（Gertrude Stein）等等，这些作家使我习惯了挣脱拘囿我的生活现实，从外部看世界。对不爱喝酒、吸毒的我，中国提供了崭新的可能性，使我能继续生活在这种距离感中。背负着所有这些行囊，我开始了我的旅行。这次不仅在遥远又并行的空间，还在时间上旅行。今天我常说我似乎活了两次。孩子们向往陌生之地，向往进入一台时光机，这很正常，但我未曾想到这事当真在我身上发生了。我从未想过当记者，更不羡慕他们，这些记者们，他们总是迫于解释事情的亟需。我则慢慢积累，等待时间以其自行的流淌来渗蚀无法沟通的石壁。我日益深入中国这个社会，它也向我徐徐走来，在我背离的世界幸好放慢了脚步的同时，我一路采撷着这个世界的语言、符号、图像、价值。我在进行一项工作，即以我的方式看世界。过去我曾记录过波河平原人造自然风光，我还拍过用今天的语言来说是被风雨"后期处理"过的威尼斯公墓坟头上亡人的画像，后来，我还拍摄了外公留给我的老明信片，再现出其中无足轻重的细节，如在罗马角斗场明信片的一侧大道上闲步的两位女士。

抱持这种兴趣，若想不受干扰地在中国拍照，就得找到让他人接受自己的方式，避免冒犯或激怒他们。一个屡试不爽的方法是让他们看我正在拍的东西。在一个复杂的机械或电子设备中,现实一旦被缩减成一帧晶亮的小画面,便会与我们的日常所见大不相同。媒介成为信息,即使最不情愿的路人也会被见到的物象之美所打动,而一分钟前他还以为那是不可外扬的家丑。一天,奥利沃自问,为什么我们会像强迫症患者那样执着于这些小相片。或许那就是理由之一。

有关中国的视觉虚构,西方以前是——现在也有一点是——基于已故的毛泽东和已结束的"文革"十年。我既为时代的产物,又习惯了在自己的祖国也总在寻找不囿于模式的形象,我试图拍摄一个从未见过的中国,更糟的是,它从未被想象过,故而它看不见。已见过的事物令人宽心,予人慰藉,它们与记忆有关,而没见过的则显得干巴巴的,粗暴冷漠,时而还会令人生厌。中国呈现于我的是一个非同寻常的物事大杂烩,场景和举止完全有别于我们文化中司空见惯的东西。在我眼里,它令人难以抗拒。铺陈的什物,完全不存在的隐私,在一个永远开放的舞台上上演的人类活动——摄影家的天堂。见到我最初带回家的照片后,自1989年起,奥利沃也开始来中国。这之后,我俩每年都会在中国周游近一个月,拍照,几乎总是自驾。置身中国,恍若天外来客般自由并便宜地畅游在从未见过的大量符号、什物、楼宇、食品和人物之中,这让我们太兴奋了。我们未曾邂逅做同样事情的人(不排斥会有,如美国摄影家康兰丝,Lois Conner),这让我们相信自己在从事一桩伟业。无论如何,我们玩得特别痛快。意大利文化中心甚至为我俩——我和奥利沃——组织了一个展览,就在故宫边上的劳动人民文化宫。开幕那天,中国摄影家协会派来了一大群摇着红绸花的孩子。那是1993年。

尽管会说中文使我几乎能与每个人交流，能面对任何可能出现的局面，我依然意识到自己是流于表面，受到我的虽说礼貌谨慎、然难以改观的洋鬼子长相的禁锢。这并不让我担心,相反,对摄影家来说，这几乎是一种理想状态。远离遭遇的现实中的真正问题和情感使我能专注形象，而它们包含了问题和情感。如同艺术家雅尼斯·库奈里斯（Jannis Kounellis）在一次访华中提到的那样，国家渗透出史诗性，现在是，当时亦是。当时我们想到的是上世纪三四十年代美国农场安全管理局（FSA）的一个摄影项目。关于那些年的美国、美国农民状况和其他问题，肯定有浩瀚的数据、数字和统计，但与之相比，留存在人们记忆中的是沃克·埃文斯或多萝西娅·兰格（Dorothea Lange）的图片，它们涵盖了一切。

至于另一方面，即柴米油盐的日常，我以乔

扮成商人来对付。那些年间，只要身在中国，会说中文，诸事都有可能。懂得如何举手投足和交流被视为所有能力之最，使我能上演这出逗人的变脸小戏。在一些技术会议上，我觉得自己如同电影《眼泪不再》中向达·芬奇解释不清火车运行原理的现代人贝尼尼（Roberto Benigni）。

在这方面，我甚至更流于表面。区别在于这里涉及的是具体工程，而非它们的形象，是货币的流通和商品的制造。最初那些年间（80年代后半段），与国外的买卖还完全掌控在中央手中，就是说掌控在国家进出口总公司和与行业对口的部委手中。尔后，事情起了变化，我获得了更多周游各地的机会，下到工厂，与技术人员和领导干部洽谈，与工人唠嗑。入夜或得闲时，我携带相机，后来是摄像机，穿街走巷，随处闲逛，绝对自由。无论如何，不管是作为摄影家还是商人，中国给我的感觉是到处都一样，即使远隔万里，依然是同样的语言、想法、举止，它更像法国，而不像我们意大利。那些预言中国将会分裂的人，那些谈论多元文化的人，他们只能博我一笑。我认为，仅揣着一串钥匙就能四处走动，进出整个大陆，这还真不赖。

以后的岁月中，同一把万能钥匙使我能自由出入更让我着迷的世界，如戏剧、电影、音乐、文学等领域。当然，每次我都竭尽全力，从未想过留一手，从未考虑经济效益。即便如此，我完全明白，倘若我不是我这样的怪异动物，我绝不可能找到那么多敞开的大门。于是有了与林兆华（《理查三世》和《故事新编》）、李六乙（《新北京人》）及其他戏剧导演的合作，电影界中则有与宁瀛、郭宝昌和近年与独立导演彭磊的合作。我与王小波、阿城、余华等作家结交，而与徐星携手，我们之后联袂完成了纪录片《5+5》的拍摄制作。我很高兴录制了崔健的几场音乐会，与郭文景合作，我拍摄了一部有关周文中的短片。90年代初，我时常与后来成为中国当代艺术中坚力量的年轻人见面，拍照或摄像，如方力钧、刘韡、刘小东、曾梵志、冯梦波、汪建伟等人。别忘了笔者是在意大利小镇卡尔皮（Carpi）长大的。我到哪里去找那么多的刺激？

80年代末是分水岭，打从那时起，虽不乏例外，但像世界其他地方一样，国家和人民各安其位，各司其职。90年代中，事情开始发生变化。一进入千禧年，中国便在许多方面越来越像我置于身后的现实。鉴于此，1999年当我年届不惑之时，我决定抛弃我的商人面具（及薪酬），回去干我或多或少一直在干的本行。那些年间，有可能自立门户，当独立影像人了。不但一种经济上能够承受的技术日趋成熟，而且一个自给自足的小市场也开始面世。我个人的生存进化与中国发展之间的这种合拍，从未停止让我愕然。

我，一个本质上游移于体制之外的人，拒绝规条并死守独立，却在一个被视为恰好相反的国度中如鱼得水达数十年之久，这从何解释？一个可能的答案是宏观层面上的。借助巴勒斯和麦克卢汉的文字，我对日益全球化的世界已有准备，它无非是物流运输、电脑技术和电子通讯的迅猛发展，与此同时，渐渐出现了我们当下的状况：幽闭。在中国的多年生活使我免于沦为这种幽闭状态的牺牲品，那是我这种性格的人最为惧怕的状态。中国让我感觉自己像外星人，在一块辽阔的、不同的、与世界其他角落相对隔绝的土地上走失了，生活在几乎彻头彻尾的疏远中，远离我原有文化中的符号和痼疾。

在哲学层面上，能投入正在塑造的历史中，亲眼目睹十几亿人民突飞猛进地改变自己及其生存环境，在我是一特权。我不知道在人类史上是否有过这样的情况，肯定不多，或许没有，不管怎样，我很高兴能参与其中。

从人性智性角度来说，这又涉及一而再地重新审视一切：自己、中国、意大利、整个世界。这意味着不断提问，不断寻求答案，为自己，也为别人，在中国，也在祖国；解释，提出理由，讲述两个我其实并不太了解的世界。我挺喜欢这样的智操，这有点像摄影，无从解释，但能保持大脑的活跃。

最后，当现有规章不再可行，而新的尚未制定时，一个人有可能得到一种不可想象的自由。路人互相推搡的自由，进入家里的自由，点一把火、随意抽烟、随地吐痰、大声喧哗、违章建房、在马路中间架上三脚架、在高速路上以 180 公里的时速超越警车等等。此外，对我们来说，经济不成问题，汽油相当便宜，我们能住最好的酒店，上最好的餐厅，如果有的话。

现在,一切都在剧变,但若不了解直至昨天的中国,就难以想象明日中国的情状。

在1959年出生使我得以切肤感受到当今世界的某些根本经验。我成长的年代正是意大利经济繁荣的年代,同一时刻,借助文学和音乐,我神游了以前美国的经济繁荣。随后,出于巧合,我亲历了中国的经济繁荣。BOOM了三次,然无一战争,前人极少有的运气。

所以我越来越多地意识到,除却身上无法改码的基因,我们命中注定是时代的产儿。除了青春期前的一个短暂阶段,我从来不信邪,我不是教徒,不关心政治,更不喜欢体育。在我那代人中,我总是站在日趋膨胀、朝三暮四的消费主义的对立面,有人跟潮,我则讨厌时尚,鄙视新贵的沉溺于从网球到名牌服装到豪车的种种坏习惯。80年代的中国不知道此类东西的存在,形容速度时,我们完全无法用法拉利作比喻，而只能提到飞机或孙悟空。坦率地说，我没料到二十年后，这些消费标志竟会如此专横地闯入中国社会，使我一方面对这种发展模式的不可避免大失所望，另一方面，身为意大利人，又不得已地就中国对我们"精华"的照单全收感到骄傲。今天，在"百度"上搜我的名字，会发现一则短小的简历，内中提到我曾是足球教练安切洛蒂（Carlo Ancelotti）的同学——一种我以前怎么也不会想到的关联。

人民也有年龄。我幸运地见证了中国人民在全球技术化时代的童年和第一青春期。如同经常发生的那样，我们之所以俯就年轻人，恰恰是因为他们不得不在他人策划的世界中迈出最初的步子。尔后，必然地，这些新生力量青出于蓝，轮到老人们无所适从了。

有人说，为了激发"他者"的兴趣，一个国家、一个文化、一个文明应拥有能吸引人的政治体制。对一部分欧洲人来说，西方虚构中的炽烈激昂的十年动乱，与当今中国形象相比，自相矛盾地远为明晰和正面。大众懒得去梳理他者的复杂性，他们寻找简单简略的模式，贴上美国自由主义或中国平等原则的标签。总之，好人与坏人，或反之。

在当下虚构中，出现了一个新的观念，亦即对不同性的接受。这一曾经超前的理念，如今被视作政治正确。可惜它涉及的是有选择的和预先包装好的分类，显然不适用于中国现实。今天的中国既不够弱小，又不够强大，与西方比，既不够同质，又不够异质，很难将其视为范例。

那还剩下什么可以叙述的？有。可以叙述这出浩瀚的人间喜剧，它关乎全球五分之一的人口，它追随我行我素、难以预测的轨迹，它继续质疑我们的确定性，悄然又势不可挡地潜入我们的日常生活。中国是一个故事驳杂、场景纷乱的宝库，而我试图用我的录像和纪录片来不加修饰地予以讲述。我经常花好几小时拍摄吸引我的客体，但只在最后剪辑时，它才浮现出由素材本身决定的形状。我无意阐述理论，我感兴趣的是去发现它们。今天的中国以西方"他我"的角色加入角逐：我们时代辩证法的真谛。

这里我们得谈到另一关键元素：时间的错位。在我们忍受这个已不再诱人的日常的挑战时，我们就像在一台开放源代码时光机中，再次行走自己的历史。想象一下塑造了我们童年的一个产品——西部片。如今，若非出于怀旧，便不可能举荐这类影片。程式保留了下来，但没人会梦想将印第安"坏蛋"再次搬上银幕。这里隐藏着一把阅读中国现实的钥匙。我们感知它这种时间错位的矛盾、问题和错误，但意识不到我们面对的是自身历史的疾速快进。中国城市化规模之大,用我们的话来说是"创世记"式的,但这种大手笔是《圣经》年代所没有的。此外,我们意识不到这一切的发生之快。

在同一政治统率和同一文化根源之下,截然不同的模式、想法、取向和生活方式同时并存。上微博、下农村、去三里屯或在皇城根散步,你对中国的解读会完全不同。无论是离心还是向心,这类漩涡呈指数扩大并增加。我们可从中找到我们已走过的路上的很多元素,但这并不意味着我们可以妄下结论。我总是抱着拉近两种现实的心愿来叙述它们,使我们能虚拟化地再走一遍我们的过去,使他们能汲取他者的经验,使两者能更好地理解现在和未来。

或许不该如此断然,然我相信,我生活了三十年的中国是世上最值得生活的国家。在地球外延续人类香火——这一天或许比我们想象的更近,但在这之前，中国是我们迄今熟悉的全球文明扩张的最后一道边界。中国之后是岔路口。我愿意想象并冀望，以我的生活选择，一旦抵达岔路口，我和我的孩子们有可能知道如何识别路标。

写于 2014 年

本文原刊于《诗琴与书籍：献给萨巴蒂尼教授的文献》(*Il liuto e i libri. Studi in onore di Mario Sabattini*)，威尼斯大学出版社，2014 年，经允许后收录于本书。

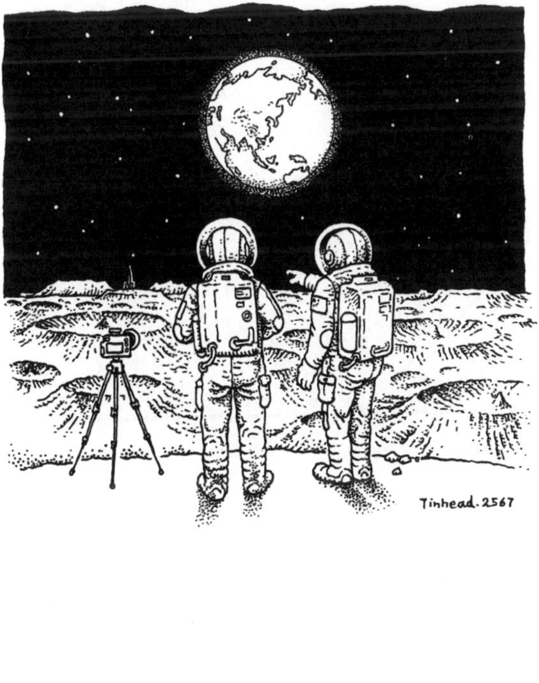
Tinhead.2567

插图画家自画像